# 納蘭詞

（清）納蘭性德　著

廣陵書社
中國·揚州

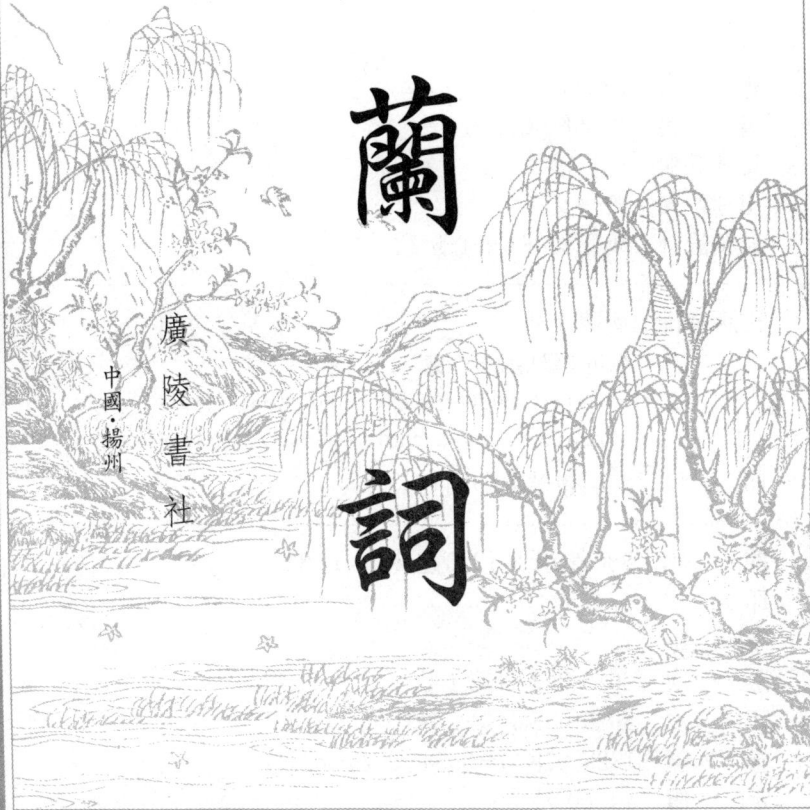

圖書在版編目（CIP）數據

納蘭詞 / (清) 納蘭性德著. -- 揚州 : 廣陵書社,
2018.1(2020.8重印)
(經典國學讀本)
ISBN 978-7-5554-0949-6

Ⅰ. ①納… Ⅱ. ①納… Ⅲ. ①詞(文學)－作品集－中國－清代 Ⅳ. ①I222.849

中國版本圖書館CIP數據核字(2017)第326599號

書　　名　納蘭詞
著　　者　(清)納蘭性德
責任編輯　胡　珍
出 版 人　曾學文
裝幀設計　鴻儒文軒·書心瞬意

出版發行　廣陵書社
揚州市維揚路349號　郵編:225009
(0514)85228081(總編辦)　85228088(發行部)
http://www.yzglpub.com　E-mail:yzglss@163.com

印　　刷　三河市華東印刷有限公司

開　　本　880毫米×1230毫米　1/32
印　　張　7.5
字　　數　75千字
版　　次　2018年3月第1版
印　　次　2020年8月第2次印刷
書　　號　ISBN 978-7-5554-0949-6
定　　價　40.00元

# 編輯說明

自上世紀九十年代始，我社陸續編輯出版一套綫裝本中華傳統文化普及讀物，名爲《文華叢書》。編者孜孜矻矻，兀兀窮年，歷經二十載，聚爲上百種，集腋成裘，蔚爲可觀。叢書以内容經典、形式古雅、編校精審，深受讀者歡迎，不少品種已不斷重印，常銷常新。

國學經典，百讀不厭，其中蘊含的生活情趣、生命哲理、人生智慧，以及家國情懷、歷史經驗、宇宙真諦，令人回味無窮，啓迪至深。爲了方便讀者閱讀國學原典，更廣泛地普及傳統文化，特于《文華叢書》基礎上，重加編輯，推出《經典國學讀本》叢書。

本叢書甄選國學之基本典籍，萃精華于一編。以内容言，所選均爲家喻户曉的經典名著，涵蓋經史子集，包羅詩詞文賦、小品蒙書，琳琅滿目；以篇幅言，每種規模不大，或數種彙于一書，便于誦讀；以形式言，採用傳統版式，字大文簡，讀來令人賞心悦目；以編輯言，力求精擇良善版本，細加校勘，注重精讀原文，偶作簡明小注，或酌配古典版畫，體現編輯的匠心。

當下國學典籍的出版方興未艾，品質參差不齊。希望這套我社經年打造的品牌叢書，能爲讀者朋友閱讀經典提供真正的精善讀本。

廣陵書社編輯部

二〇一七年十二月

納蘭性德像(禹之鼎繪)

連日未晤念甚黃子久平卷倩來一看諸不一期小弟成德頓首

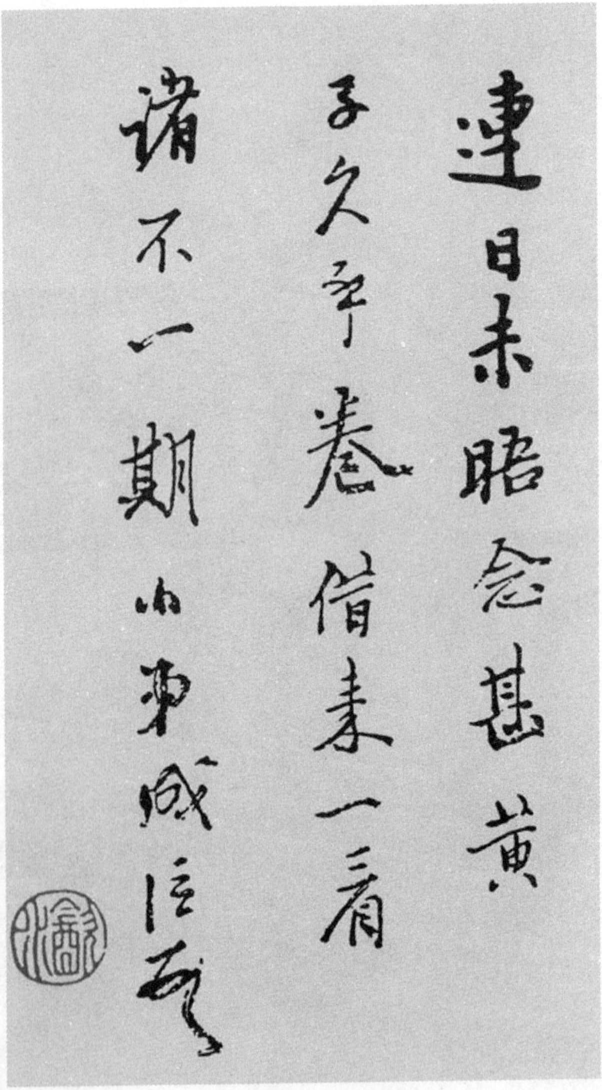

納蘭性德手迹

# 出版説明

納蘭性德（一六五五—一六八五），原名成德，字容若，號楞伽山人，清代著名詞人。

容若出身滿族最顯赫的大姓之一葉赫那拉氏，曾祖金台什爲葉赫部貝勒，其妹孟古嫁努爾哈赤爲妃，生皇太極。父親明珠是康熙朝權傾一時的宰相，武英殿大學士，太子太傅；母親覺羅氏爲當時的英親王之女，一品夫人。出生在這樣一個富貴權勢的家庭，容若并没有走上紈絝子弟不學無術的道路，而是表現出天資聰穎，勤學博通，徐乾學誇贊説：『君自髫齔，性异恒兒，背諷經史，常若夙習。』又説：『如容若之天姿之純粹，識見之高明，學問之淹通，才力之强敏，殆未有過之者也。』韓菼也説他『喜讀書，有堂構志』。容若十八歲會試中式，可惜因患寒疾未能參加廷對。二十二歲再考中進士，因爲出身貴戚，又文武全才，被康熙帝留在身邊做了貼身隨從，授予三等侍衛，後來晋升至一等侍衛，直至三十一歲去世。

容若生命歷程雖不長，著作却非少，有徐乾學爲其整理的《通志堂集》二十卷，其中包括詩、詞、文、賦、雜識等。而容若的主要成就，也是最爲人喜愛和欣賞的部分，還在于詞作。其詞集之單刻本就有《側帽詞》、《飲水詞》、《納蘭詞》等多種。

納蘭詞内容涉及相思悼亡、交游送别、邊塞風光、江南景物、咏史雜感等，雖然以作者的身份經歷，眼界不能算是開闊，但其中的情感真摯美好，文字凄婉哀艷，抒情纏綿旖旎，氣質清新雋秀，因而佳品盡出，受到當時和後世的好評。近代著名學者王國維就給其極高贊揚：『納蘭容若以自然之眼觀物，以自然之舌言情。此由初入中原未染漢人風氣，故能真切如此。北宋以來，一人而已。』況周頤也在《蕙風詞話》中譽其爲『國初第一詞手』。

現在我們編輯出版的這本《納蘭詞》，以民國徐乃乾《清名家詞》之《通志堂詞》爲底本，共收録容若詞作三百四十七首，聯句一首，友人唱和作品十首，書後附録傳記、序跋、總評等，并酌配插圖，以便讀者欣賞。

廣陵書社編輯部

二〇一七年十二月

# 目録

## 附録三 總評

## 夢江南

江南好，建業舊長安。紫蓋忽臨雙鵠渡，翠華争擁六龍看。雄麗卻高寒。

## 又

江南好，城闕尚嵯峨。故物陵前惟石馬，遺蹤陌上有銅駝。玉樹夜深歌。

## 又

江南好，懷古意誰傳？燕子磯頭紅蓼月，烏衣巷口緑楊煙。風景憶當年。

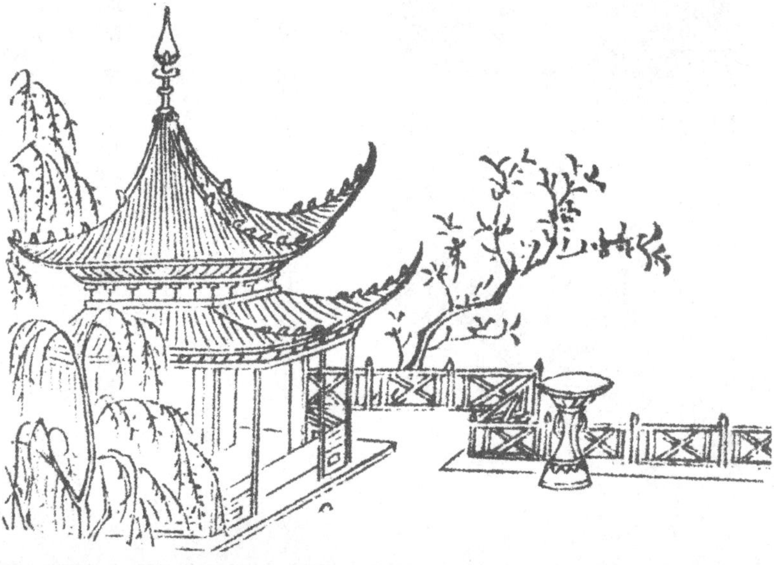

## 又

江南好，虎阜晚秋天。山水總歸詩格秀，笙簫恰稱語音圓。誰在木蘭船。

## 又

江南好，真箇到梁溪。一幅雲林高士畫，數行泉石故人題。還似夢遊非。

## 又

江南好，水是二泉清。味永出山那得濁，名高有錫更誰爭。何必讓中泠。

## 又

江南好，佳麗數維揚。自是瓊花偏得月，那應金粉不兼香。誰與話清涼。

## 又

江南好，鐵甕古南徐。立馬江山千里目，射蛟風雨百靈趨。北顧更躊躇。

## 又

江南好，一片妙高雲。硯北峯巒米外史，屏間樓閣李將軍。金碧矗斜曛。

## 又

江南好，何處異京華？香散翠簾多在水，緑殘紅葉勝于花。無事避風沙。

## 又

昏鴉盡，小立恨因誰？急雪乍翻香閣絮，輕風吹到膽瓶梅。心字已成灰。

## 又

新來好，唱得虎頭詞。一片冷香惟有夢，十分清瘦更無詩。標格早梅知。

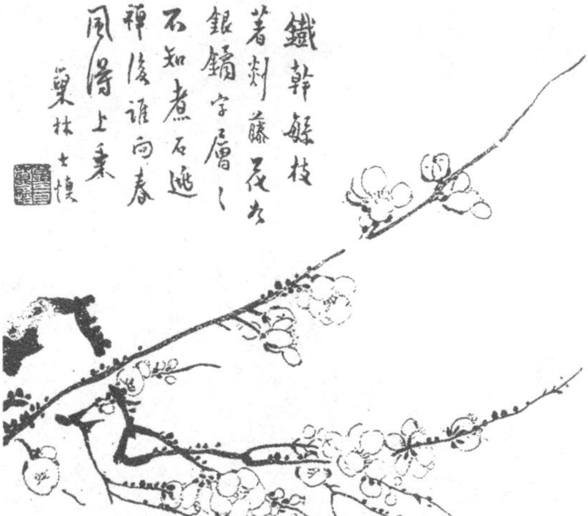

## 江城子 詠史

濕雲全壓數峯低，影淒迷，望中疑。非霧非煙，神女欲來時。若問生涯原是夢，除夢裏，没人知。

## 如夢令

正是轆轤金井，滿砌落花紅冷。驀地一相逢，心事眼波難定。誰省？誰省？從此簟紋燈影。

## 又

黃葉青苔歸路，屧粉衣香何處。消息竟沈沈，今夜相思幾許。秋雨，秋雨，一半因風吹去。

## 又

纖月黃昏庭院，語密翻教醉淺。知否那人心，舊恨新歡相半。誰見，誰見？珊枕淚痕紅泫。

## 采桑子

彤雲久絶飛瓊字，人在誰邊，人在誰邊，今夜玉清眠不眠？　香銷被冷殘燈滅，静數秋天，静數秋天，又誤心期到下弦。

## 又

誰翻樂府凄凉曲？風也蕭蕭，雨也蕭蕭，瘦盡燈花又一宵。　不知何事縈懷抱，醒也無聊，醉也無聊，夢也何曾到謝橋。

## 又

嚴霜擁絮頻驚起，撲面霜空，斜漢朦朧，冷逼氈帷火不紅。香篝翠被渾閑事，回首西風，何處疏鐘，一穟燈花似夢中。

## 又

那能寂寞芳菲節，欲話生平，夜已三更，一闋悲歌淚暗零。須知秋葉春花促，點鬢星星，遇酒須傾，莫問千秋萬歲名。

## 又

冷香縈徧紅橋夢，夢覺城笳，月上桃花，雨歇春寒燕子家。箜篌別後誰能鼓，腸斷天涯，暗損韶華，一縷茶煙透碧紗。

## 又　九日

深秋絶塞誰相憶？木葉蕭蕭，鄉路迢迢，六曲屏山和夢遥。　佳時倍惜風光别，不爲登高，只覺魂銷，南雁歸時更寂寥。

## 又　詠春雨

嫩煙分染鵝兒柳，一樣風絲，似整如欹，纔著春寒瘦不支。　凉侵曉夢輕蟬膩，約略紅肥，不惜葳蕤，碾取名香作地衣。

## 又 塞上詠雪花

非關癖愛輕模樣，冷處偏佳，別有根芽，不是人間富貴花。　謝娘別後誰能惜？飄泊天涯，寒月悲笳，萬里西風瀚海沙。

## 又

桃花羞作無情死，感激東風，吹落嬌紅，飛入閑窗伴懊儂。　誰憐辛苦東陽瘦？也爲春慵，不及芙蓉，一片幽情冷處濃。

## 又

海天誰放冰輪滿？惆悵離情，莫説離情，但值涼宵總淚零。　衹應碧落重相見，那是今生，可奈今生，剛作愁時又憶卿。

## 又

明月多情應笑我，笑我如今，孤負春心，獨自閑行獨自吟。近來怕說當時事，結徧蘭襟，月淺燈深，夢裏雲歸何處尋？

## 又

撥燈書盡紅箋也，依舊無聊，玉漏迢迢，夢裏寒花隔玉簫。幾竿修竹三更雨，葉葉蕭蕭，分付秋潮，莫誤雙魚到謝橋。

## 又

涼生露氣湘絃潤，暗滴花梢，簾影誰搖？燕蹴風絲上柳條。

舞餘鏡匣開頻掩，檀粉慵調，朝淚如潮，昨夜香衾覺夢遙。

## 又

土花曾染湘娥黛，鉛淚難消，清韻誰敲？不是犀椎是鳳翹。

祇應長伴端溪紫，割取秋潮，鸚鵡偷教，方響前頭見玉簫。

## 又

白衣裳凭朱闌立，涼月趖西，點鬢霜微，歲晏知君歸不歸？

殘更目斷傳書雁，尺素還稀，一味相思，準擬相看似舊時。

## 又

謝家庭院殘更立，燕宿雕梁，月度銀牆，不辨花叢那辨香。

此情已自成追憶，零落鴛鴦，雨歇微涼，十一年前夢一場。

## 又

而今纔道當時錯，心緒淒迷，紅淚偷垂，滿眼春風百事非。

情知此後來無計，强說歡期，一別如斯，落盡梨花月又西。

## 臺城路　洗妝臺懷古

六宮佳麗誰曾見？層臺尚臨芳渚。露脚斜飛，虹腰欲斷，荷葉未收殘雨。添妝何處？試問取雕籠，雪衣分付。一鏡空濛，鴛鴦拂破白蘋去。　相傳内家結束，有帊裝孤穩，鞾縫女古。冷豔全消，蒼苔玉匣，翻出十眉遺譜。人間朝暮。看胭粉亭西，幾堆塵土。只有花鈴，綰風深夜語。

## 又　上元

闌珊火樹魚龍舞，望中寶釵樓遠。鞣鞨餘紅，琉璃賸碧，待屬花歸緩緩。寒輕漏淺。正乍斂煙霏，隕星如箭。舊事驚心，一雙蓮影藕絲斷。　莫恨流年逝水，恨銷殘蝶粉，韶光忒賤。細語吹香，暗塵籠鬢，都逐曉風零亂。闌干敲偏。問簾底纖纖，甚時重見？不解相思，月華今夜滿。

## 又 塞外七夕

白狼河北秋偏早，星橋又迎河鼓。清漏頻移，微雲欲濕，正是金風玉露。兩眉愁聚。待歸踏榆花，那時纔訴。只恐重逢，明明相視更無語。人間別離無數。向瓜果筵前，碧天凝竚。連理千花，相思一葉，畢竟隨風何處。羈棲良苦。算未抵空房，冷香啼曙。今夜天孫，笑人愁似許。

## 玉連環影

按：此調譜律不載，或亦自度曲。

何處幾葉蕭蕭雨？濕盡簷花，花底人無語。掩屏山，玉鑪寒。誰見兩眉愁聚倚闌干。

## 洛陽春　雪

密灑征鞍無數，冥迷遠樹。亂山重疊杳難分，似五里、濛濛霧。　惆悵瑣窗深處，濕花輕絮。當時悠颺得人憐，也都是、濃香助。

## 謁金門

風絲裊，水浸碧天清曉。一鏡濕雲清未了，雨晴春草草。　夢裏輕螺誰掃？簾外落花紅小。獨睡起來情悄悄，寄愁何處好？

## 四和香

麥浪翻晴風颭柳，已過傷春候。因甚爲他成僝僽，畢竟是、春拖逗。　紅藥闌邊攜素手，暖語濃於酒。盼到園花鋪似繡，卻更比、春前瘦。

## 海棠月　瓶梅

重簷澹月渾如水，浸寒香、一片小窗裏。雙魚凍合，似曾伴、箇人無寐。橫眸處，索笑而今已矣。　與誰更擁燈前髻，乍橫斜、疏影疑飛墜。銅瓶小注，休教近、麝鑪煙氣。酬伊也，幾點夜深清淚。

## 金菊對芙蓉　上元

金鴨香消，銀虬瀉水，誰家夜笛飛聲？正上林雪霽，鴛甃晶瑩。魚龍舞罷香車杳，賸尊前、袖掩吴綾。狂遊似夢，而今空記，密約燒燈。　追念往事難憑。歎火樹星橋，回首飄零。但九逵煙月，依舊籠明。楚天一帶驚烽火，問今宵、可照江城。小窗殘酒，闌珊燈灺，別自關情。

## 點絳唇

一種蛾眉，下弦不似初弦好。庾郎未老，何事傷心早？　素壁斜輝，竹影橫窗掃。空房悄，烏啼欲曉，又下西樓了。

## 又

詠風蘭

別樣幽芬，更無濃豔催開處。凌波欲去，且爲東風住。　忒煞蕭疏，怎耐秋如許。還留取，冷香半縷，第一湘江雨。

## 又　寄南海梁藥亭

一帽征塵，留君不住從君去。片帆何處？南浦沈香雨。　回首風流，紫竹邨邊住。孤鴻語，三生定許，可是梁鴻侶？

## 又　黄花城早望

五夜光寒，照來積雪平於棧。西風何限，自起披衣看。　對此茫茫，不覺成長歎。何時旦？曉星欲散，飛起平沙雁。

## 又

小院新涼，晚來頓覺羅衫薄。不成孤酌，形影空酬酢。　蕭寺憐君，別緒應蕭索。西風惡，夕陽吹角，一陣槐花落。

【附】

### 點絳唇　和成容若韻

陳維崧

並坐燕姬，琵琶膝上圓冰薄。輕攏淺抹，巧把羈愁豁。　竟去搖鞭，點草霜鬟渴。西風惡，數聲城角，冷雁濛濛落。

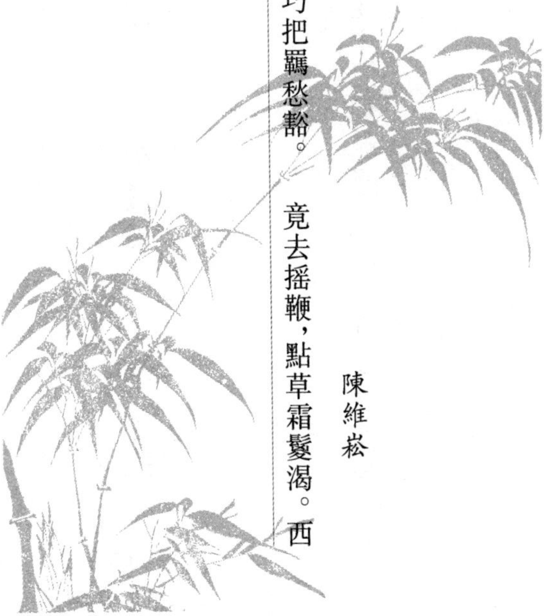

## 浣溪沙

消息誰傳到拒霜？兩行斜雁碧天長，晚秋風景倍淒涼。銀蒜押簾人寂寂，玉釵敲竹信茫茫，黃花開也近重陽。

## 又

雨歇梧桐淚乍收，遣懷翻自憶從頭，摘花銷恨舊風流。簾影碧桃人已去，屧痕蒼蘚逕空留，兩眉何處月如鈎？

## 又

欲問江梅瘦幾分，只看愁損翠羅裙，麝篝衾冷惜餘熏。可奈暮寒長倚竹，便教春好不開門，枇杷花底校書人。

又

淚浥紅箋第幾行，喚人嬌鳥怕開窗，那能閑過好時光。屏障厭看金碧畫，羅衣不奈水沈香，徧翻眉譜只尋常。

又

殘雪凝輝冷畫屏，落梅横笛已三更，更無人處月朧明。我是人間惆悵客，知君何事淚縱横，斷腸聲裏憶平生。

又

睡起惺忪强自支，緑傾蟬鬢下簾時，夜來愁損小腰肢。遠信不歸空竚望，幽期細數卻參差，更兼何事耐尋思。

又

十里湖光載酒遊，青簾低映白蘋洲，西風聽徹采菱謳。沙岸有時雙袖擁，
畫船何處一竿收，歸來無語晚妝樓。

又

脂粉塘空徧緑苔，掠泥營壘燕相催，妒他飛去卻飛回。一騎近從梅里過，
片帆遥自藕溪來，博山香燼未全灰。

又

五月江南麥已稀，黄梅時節雨霏微，閑看燕子教雛飛。一水濃陰如罨畫，
數峯無恙又晴暉，濺裙誰獨上漁磯。

## 又 西郊馮氏園看海棠，因憶《香嚴詞》有感

誰道飄零不可憐，舊遊時節好花天，斷腸人去自今年。　一片暈紅纔著雨，幾絲柔柳乍和煙，倩魂銷盡夕陽前。

【附】

## 菩薩蠻 同韶九西郊馮氏園看海棠　龔鼎孳

年年歲歲花間坐，今來却向花間卧。卧倚璧人肩，人花並可憐。　輕陰風日好，蕊吐紅珠小。醉插帽簷斜，更憐人勝花。

## 羅敷媚 朱右君司馬招集西郊馮氏園看海棠

今年又向花間醉，薄病深春。火齊纔勻，恰是盈盈十五身。　青苔過雨風簾定，天判芳辰。鶯燕休嗔，白首看花更幾人。

## 又 詠五更和湘真韻

微暈嬌花濕欲流，簟紋燈影一生愁，夢回疑在遠山樓。　殘月暗窺金屈戌，軟風徐蕩玉簾鈎，待聽鄰女喚梳頭。

【附】

## 浣溪沙 陳子龍

半枕輕寒淚暗流，愁時如夢夢時愁，角聲初到小紅樓。　風動殘燈搖繡幕，花籠微月淡簾鈎，陡然舊恨上心頭。

## 又

伏雨朝寒愁不勝，那能還傍杏花行，去年高摘鬪輕盈。

漫惹爐煙雙袖紫，空將酒暈一衫青，人間何處問多情。

## 又

五字詩中目乍成，儘教殘福折書生，手挼裙帶那時情。

別後心期和夢杳，年來憔悴與愁并，夕陽依舊小窗明。

## 又

欲寄愁心朔雁邊，西風濁酒慘離顏，黃花時節碧雲天。

古戍烽煙迷斥堠，夕陽邨落解鞍韉，不知征戰幾人還。

## 又

記綰長條欲別難，盈盈自此隔銀灣，便無風雪也摧殘。

青雀幾時裁錦字，玉蟲連夜翦春旛，不禁辛苦况相關。

## 又

誰念西風獨自涼，蕭蕭黃葉閉疏窗，沈思往事立殘陽。

被酒莫驚春睡重，賭書消得潑茶香，當時祇道是尋常。

## 又

十八年來墮世間，吹花嚼蕊弄冰紘，多情情寄阿誰邊。　紫玉釵斜燈影背，紅綿粉冷枕函偏，相看好處卻無言。

## 又

蓮漏三聲燭半條，杏花微雨濕紅綃，那將紅豆寄無聊。　春色已看濃似酒，歸期安得信如潮，離魂入夜倩誰招。

## 又

身向雲山那畔行，北風吹斷馬嘶聲，深秋遠塞若爲情。　一抹晚煙荒戍壘，半竿斜日舊關城，古今幽恨幾時平。

## 又　大覺寺

燕壘空梁畫壁寒，諸天花雨散幽關，篆香清梵有無間。蛺蝶乍從簾影度，櫻桃半是鳥銜殘，此時相對一忘言。

## 又　古北口

楊柳千條送馬蹄，北來征雁舊南飛，客中誰與換春衣？終古閑情歸落照，一春幽夢逐游絲，信回剛道別多時。

## 又

鳳髻抛殘秋草生，高梧濕月冷無聲，當時七夕記深盟。　信得羽衣傳鈿合，悔教羅襪葬傾城，人間空唱雨淋鈴。

## 又

敗葉填溪水已冰，夕陽猶照短長亭，何年廢寺失題名？　倚馬客臨碑上字，鬬雞人撥佛前燈，浄消塵土禮金經。

## 又

庚申除夜

收取閑心冷處濃，舞裙猶憶柘枝紅，誰家刻燭待春風？　竹葉樽空翻綵燕，九枝燈炧顫金蟲，風流端合倚天公。

## 又

萬里陰山萬里沙，誰將緑鬢鬭霜華？年來强半在天涯。　魂夢不離金屈戍，畫圖親展玉鴉叉，生憐瘦減一分花。

## 又

腸斷斑騅去未還，繡屏深鎖鳳簫寒，一春幽夢有無間。　逗雨疏花濃澹改，關心芳字淺深難，不成風月轉摧殘。

## 又

容易濃香近畫屏，繁枝影著半窗横，風波狹路倍憐卿。　未接語言猶悵望，纔通商略已瞢騰，只嫌今夜月偏明。

## 又

抛卻無端恨轉長，慈雲稽首返生香，妙蓮花説試推詳。
但是有情皆滿願，更從何處著思量，篆煙殘燭並回腸。

## 又　小兀喇

樺屋魚衣柳作城，蛟龍鱗動浪花腥，飛揚應逐海東青。
猶記當年軍壘跡，不知何處梵鐘聲，莫將興廢話分明。

## 又 姜女祠

海色殘陽影斷霓，寒濤日夜女郎祠，翠鈿塵網上蛛絲。澄海樓高空極目，望夫石在且留題，六王如夢祖龍非。

## 又

旋拂輕容寫洛神，須知淺笑是深顰，十分天與可憐春。掩抑薄寒施軟障，抱持纖影藉芳茵，未能無意下香塵。

## 又

十二紅簾窣地深，纔移剗襪又沈吟，晚晴天氣惜輕陰。珠衱佩囊三合字，寶釵攏髻兩分心，定緣何事濕蘭襟。

## 又 紅橋懷古和王阮亭韻

無恙年年汴水流，一聲水調短亭秋，舊時明月照揚州。

曾是長隄牽錦纜，緑楊清瘦至今愁，玉鈎斜路近迷樓。

【附】

## 浣溪沙 紅橋同籜菴、茶村、伯璣、其年、秋巖賦

王士禎

北郭青溪一帶流，紅橋風物眼中秋，緑楊城郭是揚州。

西望雷塘何處是？香魂零落使人愁，澹煙芳草舊迷樓。

## 風流子

秋郊即事

平原草枯矣，重陽後、黃葉樹騷騷。記玉勒青絲，落花時節，曾逢拾翠，忽聽吹簫。今來是、燒痕殘碧盡，霜影亂紅凋。秋水映空，寒煙如織，皁雕飛處，天慘雲高。

人生須行樂，君知否、容易兩鬢蕭蕭。自與東君作別，剗地無聊。算功名何許，此身博得，短衣射虎，沽酒西郊。便向夕陽影裏，倚馬揮毫。

## 畫堂春

一生一代一雙人，争教兩處銷魂。相思相望
不相親，天爲誰春？　漿向藍橋易乞，藥
成碧海難奔。若容相訪飲牛津，相對忘貧。

## 蝶戀花

辛苦最憐天上月，一昔如環，昔昔都成玦。
若似月輪終皎潔，不辭冰雪爲卿熱。
無那塵緣容易絶，燕子依然，軟踏簾鈎説。
唱罷秋墳愁未歇，春叢認取雙棲蝶。

## 又

眼底風光留不住，和暖和香，又上雕鞍去。惆悵玉顏成間阻，何事東風，不作繁華主。斷帶依然留乞句，斑騅一繫無尋處。

## 又

散花樓送客

城上清笳城下杵，秋盡離人，此際心偏苦。刀尺又催天又暮，一聲吹冷蒹葭蒲。把酒留君君不住，莫被寒雲，遮斷君行處。行宿黃茅山店路，夕陽邨社迎神鼓。

## 又

準擬春來消寂寞，愁雨愁風，翻把春擔閣。不爲傷春情緒惡，爲憐鏡裏顏非昨。畢竟春光誰領略，九陌緇塵，抵死遮雲壑。若得尋春終遂約，不成長負東君諾。

## 又

又到緑楊曾折處，不語垂鞭，踏徧清秋路。衰草連天無意緒，雁聲遠向蕭關去。不恨天涯行役苦，只恨西風，吹夢成今古。明日客程還幾許，霑衣况是新寒雨。

## 又

蕭瑟蘭成看老去，爲怕多情，不作憐花句。閣淚倚花愁不語，暗香飄盡知何處。　重到舊時明月路，袖口香寒，心比秋蓮苦。休説生生花裏住，惜花人去花無主。

## 又　夏夜

露下庭柯蟬響歇，紗碧如煙，煙裏玲瓏月。並著香肩無可説，櫻桃暗解丁香結。　笑卷輕衫魚子纈，試撲流螢，驚起雙棲蝶。瘦斷玉腰沾粉葉，人生那不相思絶。

## 又 出塞

今古河山無定據，畫角聲中，牧馬頻來去。滿目荒凉誰可語？西風吹老丹楓樹。從前幽怨應無數，鐵馬金戈，青塚黄昏路。一往情深深幾許，深山夕照深秋雨。

## 又

盡日驚風吹木葉，極目嵯峨，一丈天山雪。去去丁零愁不絕，那堪客裏還傷別。若道客愁容易輟，除是朱顏，不共春銷歇。一紙鄉書和淚摺，紅閨此夜團圞月。

## 河傳

春淺紅怨掩雙環，微雨花間晝閑。無言暗將紅淚彈。闌珊，香銷輕夢還。

斜倚畫屏思往事，皆不是，空作相思字。記當時，垂柳絲，花枝滿庭蝴蝶兒。

## 河瀆神

涼月轉雕闌，蕭蕭木葉聲乾。銀燈飄落瑣窗閒，枕屏幾疊秋山。

朔風吹透青縑被，藥鑪火暖初沸。清漏沈沈無寐，爲伊判得憔悴。

## 又

風緊雁行高，無邊落木蕭蕭。楚天魂夢與香銷，青山暮暮朝朝。　斷續涼雲來一縷，飄墮幾絲靈雨。今夜冷紅浦漵，鴛鴦棲向何處？

## 落花時

按：此調譜律不載，疑亦自度曲。一本作好花時。

夕陽誰喚下樓梯，一握香荑。回頭忍笑階前立，總無語、也依依。　箋書直恁無憑據，休說相思。勸伊好向紅窗醉，須莫及、落花時。

## 金縷曲　贈梁汾

德也狂生耳。偶然間、淄塵京國，烏衣門第。有酒惟澆趙州土，誰會成生此意？不信道、遂成知己。青眼高歌俱未老，向尊前、拭盡英雄淚。君不見，月如水。　共君此夜須沈醉。且由他、蛾眉謡諑，古今同忌。身世悠悠何足問，冷笑置之而已。尋思起、從頭翻悔。一日心期千劫在，後身緣、恐結他生裏。然諾重，君須記。

【附】

## 金縷曲　酬容若見贈次原韻　顧貞觀

且住爲佳耳。任相猜、馳箋紫閣，曳裾朱第。不是世人皆欲殺，争顯憐才真意。容易得、一人知己。慚愧王孫圖報薄，只千金、當灑平生淚。曾不直，一杯水。　歌殘擊筑心逾醉。憶當年、侯生垂老，始逢無忌。親在許身猶未得，俠烈今生已已。但結記、來生休悔。俄頃重投膠在漆，似舊曾、相識屠沽裏。名預籍，石函記。

## 又

姜西溟言別，賦此贈之

誰復留君住？歎人生、幾番離合，便成遲暮。最憶西窗同翦燭，卻話家山夜雨。不道只、暫時相聚。滾滾長江蕭蕭木，送遙天、白雁哀鳴去。黃葉下，秋如許。

曰歸因甚添愁緒。料强似、冷煙寒月，棲遲梵宇。一事傷心君落魄，兩鬢飄蕭未遇。有解憶、長安女兒。裘敝入門空太息，信古來、才命真相負。身世恨，共誰語？

【附】

## 賀新郎

送西溟南歸，和容若韻。時西溟丁內艱　陳維崧

三載徐園住。記纏綿、春衫雪屐，幾曾離阻。又作昭王臺畔客，日日旗亭畫句。最難得、他鄉歡聚。眼底獨憐君落拓。又何堪、鵑鳥啼紅去。都不信，竟如許。

千絲漫理無頭緒。問愁悰、原非只爲，渭城朝雨。如此人還如此別，說甚凌雲遭遇。笑多少、癡兒騃女。本擬三冬長剪燭，悵今番、舊約成孤負。和殘菊，隔籬語。

## 又　簡梁汾，時方爲吴漢槎作歸計

灑盡無端淚，莫因他、瓊樓寂寞，誤來人世。信道癡兒多厚福，誰遣偏生明慧？莫更著、浮名相累。仕宦何妨如斷梗，只那將、聲影供羣吠。天欲問，且休矣。情深我自判憔悴。轉丁寧、香憐易爇，玉憐輕碎。羡煞軟紅塵裏客，一味醉生夢死。歌與哭、任猜何意。絶塞生還吴季子，算眼前、此外皆閑事。知我者，梁汾耳。

## 又　寄梁汾

木落吴江矣，正蕭條、西風南雁，碧雲千里。落魄江湖還載酒，一種悲凉滋味。重回首、莫彈酸淚。不是天公教棄置，是南華、誤卻方城尉。飄泊處，誰相慰。別來我亦傷孤寄。更那堪、冰霜摧折，壯懷都廢。天遠難窮勞望眼，欲上高樓還已。君莫恨、埋愁無地。秋雨秋花關塞冷，且殷勤、好作加餐計。人豈得，長無謂。

## 又

再贈梁汾，用秋水軒舊韻

酒涴青衫卷，儘從前、風流京兆，閑情未遣。江左知名今廿載，枯樹淚痕休泫。搖落盡、玉蛾金繭。多少殷勤紅葉句，御溝深、不似天河淺。空省識，畫圖展。

高才自古難通顯。枉教他、堵牆落筆，凌雲書扁。入洛遊梁重到處，駭看郵莊吠犬。獨憔悴、斯人不免。衮衮門前題鳳客，竟居然、潤色朝家典。憑觸忌，舌難翦。

## 又

生怕芳尊滿，到更深、迷離醉影，殘燈相伴。依舊回廊新月在，不定竹聲撩亂。問愁與、春宵長短。人比疏花還寂寞，任紅蕤、落盡應難管。向夢裏，聞低喚。

此情擬倩東風浣。奈吹來、餘香病酒，旋添一半。惜別江郎渾易瘦，更著輕寒輕暖。憶絮語、縱橫茗盌。滴滴西窗紅蠟淚，那時腸、早爲而今斷。任枕角，欹孤館。

## 又　慰西溟

何事添悽咽？但由他、天公簸弄，莫教磨涅。失意每多如意少，終古幾人稱屈。須知道、福因才折。獨卧藜牀看北斗，背高城、玉笛吹成血。聽譙鼓，二更徹。丈夫未肯因人熱，且乘閑、五湖料理，扁舟一葉。淚似秋霖揮不盡，灑向野田黄蝶。須不羨、承明班列。馬跡車塵忙未了，任西風、吹冷長安月。又蕭寺，花如雪。

【附】

## 金縷曲　贈西溟，次容若韻

嚴繩孫

畫角三聲咽。倩星前、梵鐘敲破，三生慧業。身後虚名當日酒，未瞉消磨才傑。君莫歎、蘭摧玉折。多少青蠅相弔罷，鮑家詩、碧濺秋墳血。聽鬼唱，幾時徹。　更誰炙手真堪熱。只些兒、翻雲覆雨，移根换葉。我是漆園工隱几，也任人猜蝴蝶。憑寄語、四明狂客。爛醉緑槐雙影畔，照傷心、一片琳宫月。歸夢冷，逐迴雪。

## 又　亡婦忌日有感

此恨何時已？滴空階、寒更雨歇，葬花天氣。三載悠悠魂夢杳，是夢久應醒矣。料也覺、人間無味。不及夜臺塵土隔，冷清清、一片埋愁地。釵鈿約，竟拋棄。

重泉若有雙魚寄。好知他、年來苦樂，與誰相倚。我自終宵成轉側，忍聽湘絃重理。待結箇、他生知己。還怕兩人俱薄命，再緣慳、賸月零風裏。清淚盡，紙灰起。

## 又

疏影臨書卷。帶霜華、高高下下，粉脂都遣。别是幽情嫌嫵媚，紅燭啼痕休泫。趁皓月、光浮冰繭。恰與花神供寫照，任潑來、澹墨無深淺。持素障，夜中展。　殘釭掩過看逾顯。相對處、芙蓉玉綻，鶴翎銀扁。但得白衣時慰藉，一任浮雲蒼犬。塵土隔、軟紅偷免。簾幕西風人不寐，恁清光、肯惜鷫裘典。休便把，落英翦。

## 踏莎美人　清明

按：此調爲顧梁汾自度曲。

拾翠歸遲，踏青期近，香箋小疊鄰姬訊。櫻桃花謝已清明，何事緑鬟，斜彈寶釵横。　淺黛雙彎，柔腸幾寸，不堪更惹其他恨。曉窗窺夢有流鶯，也覺箇儂，憔悴可憐生。

## 紅窗月

按：詞律作紅窗影，一名紅窗迥。

燕歸花謝早因循，又過清明。是一般風景，兩樣心情。猶記碧桃影裏誓三生。　烏絲闌紙嬌紅篆，歷歷春星。道休孤密約，鑒取深盟。語罷一絲香露濕銀屏。

## 南歌子

翠袖凝寒薄，簾衣入夜空。病容扶起月明中，惹得一絲殘篆、舊熏籠。　暗覺歡期過，遥知別恨同。疏花已是不禁風，那更夜深、清露濕愁紅。

## 又

暖護櫻桃蕊，寒翻蛺蝶翎。東風吹緑漸冥冥，不信一生憔悴、伴啼鶯。

素影飄殘月，香絲拂綺櫺。百花迢遞玉釵聲，索向緑窗尋夢、寄餘生。

## 又 古戍

古戍飢烏集，荒城野雉飛。何年劫火賸殘灰，試看英雄碧血、滿龍堆。

玉帳空分壘，金笳已罷吹。東風回首盡成非，不道興亡命也、豈人爲。

## 一絡索 長城

過盡遥山如畫，短衣匹馬。蕭蕭木落不勝秋，莫回首、斜陽下。　別是柔腸縈挂，待歸纔罷。卻愁擁髻向燈前，説不盡、離人話。

## 又

野火拂雲微緑，西風夜哭。蒼茫雁翅列秋空，憶寫向、屏山曲。　山海幾經翻覆，女牆斜矗。看來費盡祖龍心，畢竟爲、誰家築。

## 赤棗子

驚曉漏，護春眠。格外嬌慵祇自憐。寄語釀花風日好，緑窗來與上琴絃。

## 眼兒媚

林下閨房世罕儔，偕隱足風流。今來忍見，鶴孤華表，人遠羅浮。 中年定不禁哀樂，其奈憶曾遊。浣花微雨，采菱斜日，欲去還留。

## 又 詠紅姑娘

騷屑西風弄晚寒，翠袖倚闌干。霞綃裹處，櫻脣微綻，靺鞨紅殷。 故宮事往憑誰問，無恙是朱顏。玉墀争採，玉釵争插，至正年間。

## 又 中元夜有感

手寫香臺金字經，惟願結來生。蓮花漏轉，楊枝露滴，想鑒微誠。　欲知奉倩神傷極，憑訴與秋檠。西風不管，一池萍水，幾點荷燈。

## 又 詠梅

莫把瓊花比澹妝，誰似白霓裳。別樣清幽，自然標格，莫近東牆。　冰肌玉骨天分付，兼付與淒涼。可憐遙夜，冷煙和月，疏影橫窗。

## 又

獨倚春寒掩夕扉，清露泣銖衣。玉簫吹夢，金釵劃影，悔不同攜。　刻殘紅燭曾相待，舊事總依稀。料應遺恨，月中教去，花底催歸。

## 又

重見星娥碧海查，忍笑卻盤鴉。尋常多少，月明風細，今夜偏佳。　休籠彩筆閑書字，街鼓已三撾。煙絲欲裊，露光微泫，春在桃花。

## 荷葉盃

簾卷落花如雪，煙月。誰在小紅亭？玉釵敲竹乍聞聲，風影略分明。　化作彩雲飛去，何處？不隔枕函邊，一聲將息曉寒天，腸斷又今年。

## 又

知己一人誰是？已矣。贏得誤他生。有情終古似無情，別語悔分明。　莫道芳時易度，朝暮。珍重好花天。爲伊指點再來緣，疏雨洗遺鈿。

## 梅梢雪　元夜月蝕

星毬映徹，一痕微褪梅梢雪。紫姑待話經年別，竊藥心灰，慵把菱花揭。　踏歌纔起清鉦歇，扇紈仍似秋期潔。天公畢竟風流絕，教看蛾眉，特放些時缺。

## 木蘭花令　擬古决絶詞

人生若只如初見，何事秋風悲畫扇？等閑變卻故人心，卻道故心人易變。　驪山語罷清宵半，淚雨零鈴終不怨。何如薄倖錦衣郎，比翼連枝當日願。

## 長相思

山一程，水一程，身向榆關那畔行，夜深千帳燈。　風一更，雪一更，聒碎鄉心夢不成，故園無此聲。

## 朝中措

蜀絃秦柱不關情，盡日掩雲屏。已惜輕翎退粉，更嫌弱絮爲萍。　東風多事，餘寒吹散，烘暖微酲。看盡一簾紅雨，爲誰親繫花鈴？

## 尋芳草　蕭寺紀夢

客夜怎生過？夢相伴、綺窗吟和。薄瞋佯笑道，若不是恁凄凉，肯來麽？　來去苦恖恖，準擬待、曉鐘敲破。乍偎人、一閃燈花墮，卻對著、瑠璃火。

## 遐方怨

欹角枕，掩紅窗。夢到江南，伊家博山沈水香。湔裙歸、晚坐思量。輕煙籠翠黛，月茫茫。

## 秋千索

渌水亭春望

按：此調詞譜不載，或亦自度曲。一本作撥香灰。

壚邊喚酒雙鬟亞，春已到、賣花簾下。一道香塵碎緑蘋，看白袷、親調馬。煙絲宛宛愁縈挂，賸幾筆、晚晴圖畫。半枕芙蕖壓浪眠，教費盡、鶯兒話。

## 又

渌水亭春望

藥闌攜手銷魂侶，争不記、看承人處。除向東風訴此情，奈竟日、春無語。悠揚撲盡風前絮，又百五、韶光難住。滿地梨花似去年，卻多了、廉纖雨。

## 又

游絲斷續東風弱，渾無語、半垂簾幕。茜袖誰招曲檻邊，弄一縷、秋千索。　惜花人共殘春薄，春欲盡、纖腰如削。新月纔堪照獨愁，卻又照、梨花落。

## 茶瓶兒

楊花糝徑櫻桃落。緑陰下、晴波燕掠，好景成擔閣。秋千背倚，風態宛如昨。　可惜春來總蕭索。人瘦損、紙鳶風惡，多少芳箋約。青鸞去也，誰與勸孤酌。

## 好事近

簾外五更風，消受曉寒時節。剛賸秋衾一半，擁透簾殘月。　爭教清淚不成冰，好處便輕別。擬把傷離情緒，待曉寒重説。

## 又

何路向家園，歷歷殘山賸水。都把一春冷澹，到麥秋天氣。　料應重發隔年花，莫問花前事。縱使東風依舊，怕紅顔不似。

## 又

馬首望青山，零落繁華如此。再向斷煙衰草，認蘚碑題字。　休尋折戟話當年，只灑悲秋淚。斜日十三陵下，過新豐獵騎。

## 太常引　自題小照

西風乍起峭寒生，驚雁避移營。千里暮雲平，休回首、長亭短亭。無窮山色，無邊往事，一例冷清清。試倩玉簫聲，換千古、英雄夢醒。

## 又

晚來風起撼花鈴，人在碧山亭。愁裏不堪聽，那更雜、泉聲雨聲。無憑蹤跡，無聊心緒，誰説與多情。夢也不分明，又何必、催教夢醒。

## 轉應曲

明月，明月，曾照箇人離別。玉壺紅淚相偎，還似當年夜來。來夜，來夜，肯把清輝重借。

## 山花子

林下荒苔道韞家，生憐玉骨委塵沙。愁向風前無處説，數歸鴉。　半世浮萍隨逝水，一宵冷雨葬名花。魂是柳緜吹欲碎，繞天涯。

## 又

昨夜濃香分外宜，天將妍暖護雙棲。樺燭影微紅玉軟，燕釵垂。　幾爲愁多翻自笑，那逢歡極卻含啼。央及蓮花清漏滴，莫相催。

## 又

風絮飄殘已化萍，泥蓮剛倩藕絲縈。珍重别拈香一瓣，記前生。　人到情多情轉薄，而今真箇悔多情。又到斷腸回首處，淚偷零。

## 又

欲話心情夢已闌，鏡中依約見春山。方悔從前真草草，等閑看。　環佩衹應歸月下，鈿釵何意寄人間。多少滴殘紅蠟淚，幾時乾？

## 又

小立紅橋柳半垂，越羅裙颺縷金衣。采得石榴雙葉子，欲貽誰？　便是有情當落月，只應無伴送斜暉。寄語東風休著力，不禁吹。

## 菩薩蠻

窗前桃蕊嬌如倦，東風淚洗胭脂面。人在小紅樓，離情唱石州。　夜來雙燕宿，燈背屏腰緑。香盡雨闌珊，薄衾寒不寒？

## 又

朔風吹散三更雪，倩魂猶戀桃花月。夢好莫催醒，由他好處行。

無端聽畫角，枕畔紅冰薄。塞馬一聲嘶，殘星拂大旗。

## 又

問君何事輕離別，一年能幾團圓月。楊柳乍如絲，故園春盡時。

春歸歸不得，兩槳松花隔。舊事逐寒潮，啼鵑恨未消。

## 又

爲陳其年題照

烏絲曲倩紅兒譜，蕭然半壁驚秋雨。曲罷髻鬟偏，風姿真可憐。

鬚髯渾似戟，時作簪花劇。背立訝卿卿，知卿無那情。

## 又

宿灤河

玉繩斜轉疑清曉，凄凄月白漁陽道。星影漾寒沙，微茫織浪花。　金笳鳴故壘，喚起人難睡。無數紫鴛鴦，共嫌今夜涼。

## 又

荒雞再咽天難曉，星榆落盡秋將老。氈幕遶牛羊，敲冰食酪漿。　山程兼水宿，漏點清鉦續。正是夢回時，擁衾無限思。

## 又

新寒中酒敲窗雨，殘香細裊秋情緒。纔道莫傷神，青衫濕一痕。　無聊成獨卧，彈指韶光過。記得別伊時，桃花柳萬絲。

## 又

白日驚飇冬已半，解鞍正值昏鴉亂。冰合大河流，茫茫一片愁。燒痕空極望，鼓角高城上。明日近長安，客心愁未闌。

## 又

蕭蕭幾葉風兼雨，離人偏識長更苦。欹枕數秋天，蟾蜍早下弦。夜寒驚被薄，淚與燈花落。無處不傷心，輕塵在玉琴。

## 又　迴文

霧窗寒對遥天暮，暮天遥對寒窗霧。花落正啼鴉，鴉啼正落花。　袖羅垂影瘦，瘦影垂羅袖。風翦一絲紅，紅絲一翦風。

## 又

催花未歇花奴鼓，酒醒已見殘紅舞。不忍覆餘觴，臨風淚數行。　粉香看欲別，空賸當時月。月也異當時，凄清照鬢絲。

## 又

惜春春去驚新燠，粉融輕汗紅緜撲。妝罷祇思眠，江南四月天。　緑陰簾半揭，此景清幽絕。行度竹林風，單衫杏子紅。

## 又

榛荊滿眼山城路，征鴻不爲愁人住。何處是長安？濕雲吹雨寒。　絲絲心欲碎，應是悲秋淚。淚向客中多，歸時又奈何。

## 又

春雲吹散湘簾雨，絮黏蝴蝶飛還住。人在玉樓中，樓高四面風。　柳煙絲一把，暝色籠鴛瓦。休近小闌干，夕陽無限山。

## 又 早春

曉寒瘦著西南月，丁丁漏箭餘香咽。春已十分宜，東風無是非。

蜀魂羞顧影，玉照斜紅冷。誰唱《後庭花》，新年憶舊家。

## 又

爲春憔悴留春住，那禁半霎催歸雨。深巷賣櫻桃，雨餘紅更嬌。

黃昏清淚閣，忍便花飄泊。消得一聲鶯，東風三月情。

## 又

隔花纔歇廉纖雨，一聲彈指渾無語。梁燕自雙歸，長條脈脈垂。

小屏山色遠，妝薄鉛華淺。獨自立瑤階，透寒金縷鞋。

## 又

黃雲紫塞三千里，女牆西畔啼烏起。落日萬山寒，蕭蕭獵馬還。　笳聲聽不得，入夜空城黑。秋夢不歸家，殘燈落碎花。

## 又

飄蓬祇逐驚飆轉，行人過盡煙光遠。立馬認河流，茂陵風雨秋。　寂寥行殿鎖，梵唄琉璃火。塞雁與宮鴉，山深日易斜。

## 又

晶簾一片傷心白，雲鬟香霧成遥隔。無話問添衣，桐陰月已西。　西風嗚絡緯，不許愁人睡。祇是去年秋，如何淚欲流。

## 又　寄梁汾苕中

知君此際情蕭索，黃蘆苦竹孤舟泊。煙白酒旗青，水邨魚市晴。

柁樓今夕夢，脈脈春寒送。直過畫眉橋，錢塘江上潮。

## 又　迴文

客中愁損催寒夕，夕寒催損愁中客。門掩月黃昏，昏黃月掩門。

翠衾孤擁醉，醉擁孤衾翠。醒莫更多情，情多更莫醒。

## 又 迴文

砑箋銀粉殘煤畫，畫煤殘粉銀箋砑。清夜一燈明，明燈一夜清。　片花驚宿燕，燕宿驚花片。親自夢歸人，人歸夢自親。

## 又

烏絲畫作迴紋紙，香煤暗蝕藏頭字。箏雁十三雙，輸他作一行。　相看仍似客，但道休相憶。索性不還家，落殘紅杏花。

## 又

闌風伏雨催寒食，櫻桃一夜花狼籍。剛與病相宜，瑣窗薰繡衣。　畫眉煩女伴，央及流鶯喚。半餉試開奩，嬌多直自嫌。

## 醉桃源

斜風細雨正霏霏，畫簾拖地垂。屏山幾曲篆香微，閑庭柳絮飛。

新綠密，亂紅稀，乳鶯殘日啼。餘寒欲透縷金衣，落花郎未歸。

## 昭君怨

深禁好春誰惜？薄暮瑶階佇立。別院管絃聲，不分明。

又是梨花欲謝，繡被春寒今夜。寂寂鎖朱門，夢承恩。

## 琵琶仙　中秋

碧海年年，試問取、冰輪爲誰圓缺？吹到一片秋香，清輝了如雪。愁中看、好天良夜，知道盡成悲咽。隻影而今，那堪重對，舊時明月。　花徑裏、戲捉迷藏，曾惹下、蕭蕭井梧葉。記否輕紈小扇，又幾番涼熱。祇落得、填膺百感，總茫茫、不關離別。一任紫玉無情，夜寒吹裂。

## 清平樂

凄凄切切，慘澹黃花節。夢裏碪聲渾未歇，那更亂蛩悲咽。　塵生燕子空樓，拋殘絃索牀頭。一樣曉風殘月，而今觸緒添愁。

## 又 上元月蝕

瑤華映闕，烘散蓂墀雪。比似尋常清景別，第一團圓時節。　影娥忽泛初弦，分輝借與宮蓮。七寶修成合璧，重輪歲歲中天。

## 又

煙輕雨小，望裏青難了。一縷斷虹垂樹杪，又是亂山殘照。　憑高目斷征途，暮雲千里平蕪。日夜河流東下，錦書應託雙魚。

## 又 秋思

孤花片葉，斷送清秋節。寂寂繡屏香篆滅，暗裏朱顏消歇。
誰憐散髻吹笙，天涯芳草關情。懊惱隔簾幽夢，半牀花月縱橫。

## 又

麝煙深漾，人擁緱笙氅。新恨暗隨新月長，不辨眉尖心上。
六花斜撲疏簾，地衣紅錦輕霑。記取暖香如夢，耐他一晌寒嚴。

## 又

將愁不去，秋色行難住。六曲屏山深院宇，日日風風雨雨。雨晴籬菊初香，人言此日重陽。回首涼雲暮葉，黃昏無限思量。

## 又

青陵蝶夢，倒挂憐么鳳。退粉收香情一種，棲傍玉釵偷共。愔愔鏡閣飛蛾，誰傳錦字秋河？蓮子依然隱霧，菱花暗惜橫波。

## 又

風鬟雨鬢，偏是來無準。倦倚玉闌看月暈，容易語低香近。　軟風吹偏窗紗，心期便隔天涯。從此傷春傷別，黃昏只對梨花。

## 又

彈琴峽題壁

泠泠徹夜，誰是知音者？如夢前朝何處也，一曲邊愁難寫。　極天關塞雲中，人隨落雁西風。喚取紅襟翠袖，莫教淚灑英雄。

## 又

憶梁汾

纔聽夜雨，便覺秋如許。繞砌蛩螿人不語，有夢轉愁無據。　亂山千疊橫江，憶君遊倦何方。知否小窗紅燭，照人此夜凄涼。

## 又

塞鴻去矣，錦字何時寄？記得燈前佯忍淚，卻問明朝行未。　別來幾度如珪，飄零落葉成堆。一種曉寒殘夢，淒涼畢竟因誰？

## 一叢花　詠并蒂蓮

闌珊玉佩罷霓裳，相對綰紅妝。藕絲風送凌波去，又低頭、軟語商量。一種情深，十分心苦，脈脈背斜陽。　色香空盡轉生香，明月小銀塘。桃根桃葉終相守，伴殷勤、雙宿鴛鴦。菰米漂殘，沈雲乍黑，同夢寄瀟湘。

## 菊花新 用韻送張見陽令江華

愁絶行人天易暮，行向鷓鴣聲裏住。渺渺洞庭波，木葉下、楚天何處？ 折殘楊柳應無數，趁離亭、笛聲吹度。有幾個征鴻，相伴也、送君南去。

## 淡黃柳 詠柳

三眠未歇，乍到秋時節。一樹斜陽蟬更咽，曾綰灞陵離別。絮已爲萍風卷葉，空凄切。 長條莫輕折。蘇小恨，倩他説。儘飄零、遊冶章臺客。紅板橋空，湔裙人去，依舊曉風殘月。

## 滿宮花

盼天涯，芳訊絶，莫是故情全歇。朦朧寒月影微黄，情更薄于寒月。 麝煙銷，蘭燼滅，多少怨眉愁睫。芙蓉蓮子待分明，莫向暗中磨折。

## 洞仙歌　詠黄葵

鉛華不御，看道家妝就。問取旁人入時否。爲孤情、澹韻判不宜春，矜標格，開向晚秋時候。　無端輕薄雨，滴損檀心，小疊宫羅鎮長皺。何必訴凄清，爲愛秋光，被幾日、西風吹瘦。便零落蜂黄也休嫌，且對倚斜陽，勝偎紅袖。

## 唐多令　雨夜

絲雨織紅茵，苔階壓繡紋。是年年、腸斷黄昏。到眼芳菲都惹恨，那更説，塞垣春。　蕭颯不堪聞，殘妝擁夜分。爲梨花、深掩重門。夢向金微山下去，纔識路，又移軍。

## 秋水 聽雨

按：此調譜律不載，疑亦自度曲。

誰道破愁須仗酒，酒醒後心翻醉。正香消翠被，隔簾驚聽，那又是、點點絲絲和淚。憶翦燭、幽窗小憩。嬌夢垂成，頻喚覺、一眶秋水。

依舊亂蛩聲裏，短檠明滅，怎教人睡。想幾年蹤跡，過頭風浪，衹消受、一段橫波花底。向擁髻、燈前提起。甚日還來，同領略、夜雨空階滋味。

## 虞美人

峯高獨石當頭起，影落雙溪水。馬嘶人語各西東，行到斷崖、無路小橋通。　朔鴻過盡歸期杳，人向征鞍老。又將絲淚濕斜陽，回首十三陵樹、暮雲黃。

## 又

黃昏又聽城頭角，病起心情惡。藥鑪初沸短檠青，無那殘香半縷、惱多情。　多情自古原多病，清鏡憐清影。一聲彈指淚如絲，央及東風、休遺玉人知。

## 又

爲梁汾賦

憑君料理花間課，莫負當初我。眼看雞犬上天梯，黄九自招秦七、共泥犂。

瘦狂那似癡肥好，判任癡肥笑。笑他多病與長貧，不及諸公、衮衮向風塵。

## 又

緑陰簾外梧桐影，玉虎牽金井。怕聽啼鴂出簾遲，恰到年年今日、兩相思。

凄涼滿地紅心草，此恨誰知道。待將幽憶寄新詞，分付芭蕉、風定月斜時。

## 又

風滅鑪煙殘灺冷，相伴唯孤影。判教狼籍醉清樽，爲問世間、醒眼是何人。　難逢易散花間酒，飲罷空搔首。閑愁總付醉來眠，只恐醒時、依舊到尊前。

## 又

春情只到梨花薄，片片催零落。夕陽何時近黃昏，不道人間、猶有未招魂。　銀箋別夢當時句，密綰同心苣。爲伊判作夢中人，長向畫圖、清夜喚真真。

## 又

曲闌深處重相見，匀淚偎人顫。淒涼別後兩應同，最是不勝清怨、月明中。半生已分孤眠過，山枕檀痕涴。憶來何事最銷魂，第一折枝花樣、畫羅裙。

## 又

彩雲易向秋空散，燕子憐長歎。幾番離合總無因，贏得一回儜僽、一回親。歸鴻舊約霜前至，可寄香箋字？不如前事不思量，且枕紅蕤、欹側看斜陽。

## 又

銀牀淅瀝青梧老，屧粉秋蛩掃。采香行處蹙連錢，拾得翠翹、何恨不能言。　回廊一寸相思地，落月成孤倚。背燈和月就花陰，已是十年蹤跡、十年心。

## 瀟湘雨　送西溟歸慈溪

按：此調譜律不載，疑亦自度曲。

長安一夜雨，便添了、幾分秋色。奈此際蕭條，無端又聽，渭城風笛。咫尺層城留不住，久相忘、到此偏相憶。依依白露丹楓，漸行漸遠，天涯南北。　悽寂。黔婁當日事，總名士、如何消得。只皁帽蹇驢，西風殘照，倦遊蹤跡。廿載江南猶落拓，歎一人、知己終難覓。君須愛酒能詩，鑑湖無恙，一蓑一笠。

## 雨中花 送徐藝初歸崑山

天外孤帆雲外樹，看又是、春隨人去。水驛燈昏，關城月落，不算淒涼處。　計程應惜天涯暮，打疊起、傷心無數。中坐波濤，眼前冷暖，多少人難語。

## 臨江仙

絲雨如塵雲著水，嫣香碎入吳宮。百花冷暖避東風，酷憐嬌易散，燕子學偎紅。　人說病宜隨月減，懨懨卻與春同。可能留蝶抱花叢，不成雙夢影，翻笑杏梁空。

## 又

長記碧紗窗外語，秋風吹送歸鴉。片帆從此寄天涯，一燈新睡覺，思夢月初斜。便是欲歸歸未得，不如燕子還家。春雲春水帶輕霞，畫船人似月，細雨落楊花。

## 又

塞上得家報云秋海棠開矣，賦此

六曲闌干三夜雨，倩誰護取嬌慵。可憐寂寞粉牆東，已分裙衩綠，猶裹淚綃紅。曾記鬢邊斜落下，半牀涼月惺忪。舊歡如在夢魂中，自然腸欲斷，何必更秋風。

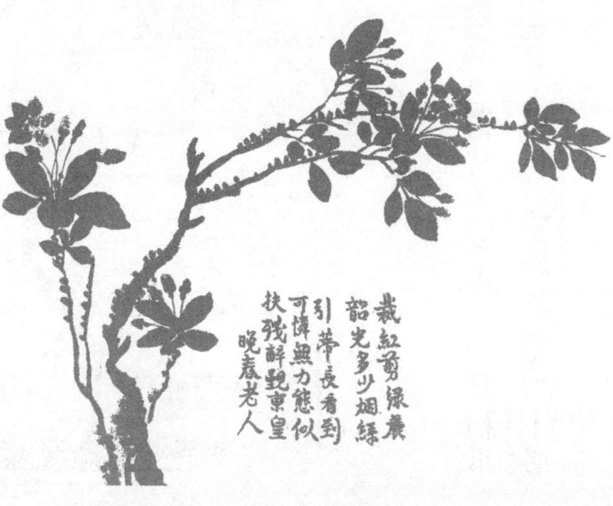

## 又　謝餉櫻桃

緑葉成陰春盡也，守宮偏護星星。留將顏色慰多情，分明千點淚，貯作玉壺冰。　獨卧文園方病渴，强拈紅豆酬卿。感卿珍重報流鶯，惜花須自愛，休只爲花疼。

## 又　盧龍大樹

雨打風吹都似此，將軍一去誰憐。畫圖曾記緑陰圓，舊時遺鏃地，今日種瓜田。　繫馬南枝猶在否？蕭蕭欲下長川。九秋黄葉五更煙，止應摇落盡，不必問當年。

## 又

寒柳

飛絮飛花何處是，層冰積雪催殘。疏疏一樹五更寒，愛他明月好，憔悴也相關。

最是繁絲搖落後，轉教人憶春山。湔裙夢斷續應難，西風多少恨，吹不散眉彎。

## 又

夜來帶得些兒雪，凍雲一樹垂垂。東風回首不勝悲，葉乾絲未盡，未死只顰眉。

可憶紅泥亭子外，纖腰舞困因誰。如今寂寞待人歸，明年依舊緑，知否繫斑騅？

## 又

寄嚴蓀友

別後閑情何所寄，初鶯早雁相思。如今憔悴異當時，飄零心事，殘月落花知。　生小不知江上路，分明卻到梁溪。匆匆剛欲話分攜，香消夢冷，窗白一聲雞。

## 又

永平道中

獨客單衾誰念我，曉來涼雨颼颼。緘書欲寄又還休，箇儂憔悴，禁得更添愁。　曾記年年三月病，而今病向深秋。盧龍風景白人頭，藥鑪煙裏，支枕聽河流。

## 又

點滴芭蕉心欲碎，聲聲催憶當初。欲眠還展舊時書，鴛鴦小字，猶記手生疏。　倦眼乍低緗帙亂，重看一半模糊。幽窗冷雨一燈孤，料應情盡，還道有情無。

## 鬢雲鬆令

枕函香，花徑漏。依約相逢，絮語黄昏後。時節薄寒人病酒，剗地梨花，徹夜東風瘦。　掩銀屏，垂翠袖。何處吹簫，脈脈情微逗。腸斷月明紅豆蔻，月似當時，人似當時否？

## 又 詠浴

鬟雲鬆，紅玉瑩。早月多情，送過梨花影。半晌斜釵慵未整，暈入輕潮，剛愛微風醒。露華清，人語靜。怕被郎窺，移卻青鸞鏡。羅襪凌波波不定，小扇單衣，可奈星前冷。

## 於中好

獨背殘陽上小樓，誰家玉笛韻偏幽。一行白雁遙天暮，幾點黃花滿地秋。驚節序，歎沈浮，穠華如夢水東流。人間所事堪惆悵，莫向橫塘問舊遊。

## 又

雁帖寒雲次第飛，向南猶自怨歸遲。誰能瘦馬關山道，又到西風撲鬢時。人杳杳，思依依，更無芳樹有烏啼。憑將掃黛窗前月，持向今宵照別離。

## 又

別緒如絲睡不成，那堪孤枕夢邊城。因聽紫塞三更雨，卻憶紅樓半夜燈。書鄭重，恨分明，天將愁味釀多情。起來呵手封題處，偏到鴛鴦兩字冰。

## 又

誰道陰山行路難，風毛雨血萬人讙。松梢露點霑鷹紲，蘆葉溪深沒馬鞍。依樹歇，映林看，黃羊高宴簇金盤。蕭蕭一夕霜風緊，卻擁貂裘怨早寒。

## 又

小構園林寂不譁，疏籬曲徑倣山家。晝長吟罷風流子，忽聽楸枰響碧紗。添竹石，伴煙霞，擬憑尊酒慰年華。休嗟髀裏今生肉，努力春來自種花。

## 又

十月初四夜風雨，其明日是亡婦生辰

塵滿疏簾素帶飄，真成暗度可憐宵。幾回偷拭青衫淚，忽傍犀奩見翠翹。惟有恨，轉無聊，五更依舊落花朝。衰楊葉盡絲難盡，冷雨淒風打畫橋。

## 又

冷露無聲夜欲闌，棲鴉不定朔風寒。生憎畫鼓樓頭急，不放征人夢裏還。秋澹澹，月彎彎，無人起向月中看。明朝匹馬相思處，知隔千山與萬山。

## 又　送梁汾南還，爲題小影

握手西風淚不乾，年來多在別離間。遥知獨聽燈前雨，轉憶同看雪後山。　憑寄語，勸加餐，桂花時節約重還。分明小像沈香縷，一片傷心欲畫難。

## 南鄉子　搗衣

鴛瓦已新霜，欲寄寒衣轉自傷。見説征夫容易瘦，端相。夢裏回時仔細量。　支枕怯空房，日拭清砧就月光。已是深秋兼獨夜，凄涼。月到西南更斷腸。

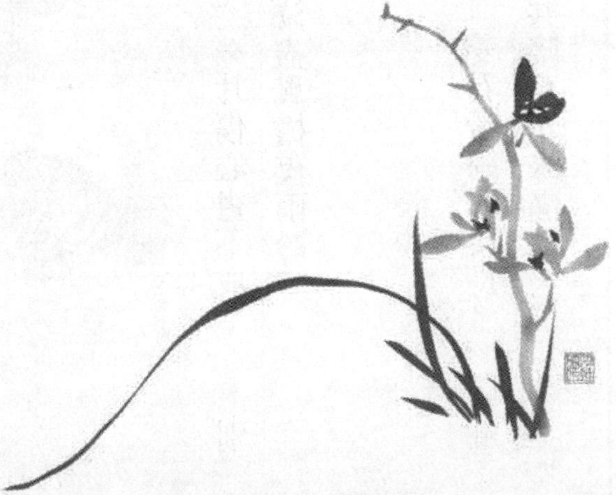

## 又 為亡婦題照

淚咽卻無聲，祇向從前悔薄情。憑仗丹青重省識，盈盈。一片傷心畫不成。別語忒分明，午夜鶼鶼夢早醒。卿自早醒儂自夢，更更。泣盡風檐夜雨鈴。

## 又

飛絮晚悠颺，斜日波紋映畫梁。刺繡女兒樓上立，柔腸。愛看晴絲百尺長。風定卻聞香，吹落殘紅在繡牀。休墮玉釵驚比翼，雙雙。共唼蘋花緑滿塘。

## 又 柳溝曉發

燈影伴鳴梭，織女依然怨隔河。曙色遠連山色起，青螺。回首微茫憶翠蛾。
淒切客中過，料抵秋閨一半多。一世疏狂應爲著，橫波。作箇鴛鴦消得麼。

## 又

何處淬吳鈎，一片城荒枕碧流。曾是當年龍戰地，颼颼。塞草霜風滿地秋。
霸業等閑休，躍馬橫戈總白頭。莫把韶華輕換了，封侯。多少英雄祇廢丘。

## 又

煙暖雨初收，落盡繁花小院幽。摘得一雙紅豆子，低頭。說著分攜淚暗流。
人去似春休，卮酒曾將酹石尤。別自有人桃葉渡，扁舟。一種煙波各自愁。

## 踏莎行

月華如水，波紋似練，幾簇澹煙衰柳。塞鴻一夜盡南飛，誰與問、倚樓人瘦。
韻拈風絮，録成金石，不是舞裙歌袖。從前負盡掃眉才，又擔閣、鏡囊重繡。

## 又

春水鴨頭，春山鸚嘴，煙絲無力風斜倚。百花時節好逢迎，可憐人掩屏山睡。
密語移燈，閑情枕臂，從教醞釀孤眠味。春鴻不解諱相思，映窗書破人人字。

## 又

寄見陽

倚柳題箋，當花側帽，賞心應比驅馳好。錯教雙鬢受東風，看吹緑影成絲早。
金殿寒鴉，玉階春草，就中冷暖和誰道。小樓明月鎮長閑，人生何事緇塵老。

# 翦湘雲　送友

按：此調爲顧梁汾自度曲。

險韻慵拈，新聲醉倚。儘歷徧情場，懊惱曾記。不道當時腸斷事，還較而今得意。向西風、約略數年華，舊心情灰矣。　正是冷雨秋槐，鬢絲憔悴。又領略愁中，送客滋味。密約重逢知甚日，看取青衫和淚。夢天涯、繞徧儘由人，祇尊前迢遞。

# 鵲橋仙　七夕

乞巧樓空，影娥池冷，佳節祇供愁歎。丁寧休曝舊羅衣，憶素手、爲余縫綻。　蓮粉飄紅，菱絲翳碧，仰見明星空爛。親持鈿合夢中來，信天上人間非幻。

## 御帶花　重九夜

晚秋卻勝春天好，情在冷香深處。朱樓六扇，小屏山寂寞，幾分塵土。虯尾煙消，人夢覺、碎蟲零杵。便强説歡娱，總是無憀心緒。　轉憶當年，消受盡皓腕紅萸，嫣然一顧。如今何事，向禪榻茶煙，怕歌愁舞。玉粟寒生，且領略、月明清露。歎此際淒涼，何必更、滿城風雨。

## 疏影 芭蕉

湘簾卷處，甚離披翠影，繞簷遮住。小立吹裾，常伴春慵，掩映繡牀金縷。芳心一束渾難展，清淚裹、隔年愁聚。更夜深細聽，空階雨滴，夢回無據。　　正是秋來寂寞，偏聲聲點點，助人離緒。纈被初寒，宿酒全醒，攪碎亂蛩雙杵。西風落盡庭梧葉，還賸得、綠陰如許。想玉人、和露折來，曾寫斷腸句。

## 添字采桑子

按：此調詞律不載，詞譜有促拍采桑子，字同句异。一本作采花。

閑愁似與斜陽約，紅點蒼苔，蛺蝶飛回。又是梧桐新綠影，上階來。　　天涯望處音塵斷，花謝花開，懊惱離懷。空壓鈿筐金縷繡，合歡鞋。

## 望江南 宿雙林禪院有感

挑燈坐，坐久憶年時。薄霧籠花嬌欲泣，夜深微月下楊枝。催道太眠遲。　憔悴去，此恨有誰知。天上人間俱悵望，經聲佛火兩淒迷。未夢已先疑。

## 木蘭花慢 立秋夜雨，送梁汾南行

盼銀河迢遞，驚入夜，轉清商。乍西園蝴蝶，輕翻麝粉，暗惹蜂黃。炎涼等閑瞥眼，甚絲絲、點點攪柔腸。應是登臨送客，別離滋味重嘗。　疑將水墨畫疏窗，孤影澹瀟湘。倩一葉高梧，半條殘燭，做盡商量。荷裳被風暗翦，問今宵、誰與蓋鴛鴦？從此羈愁萬疊，夢回分付啼蛩。

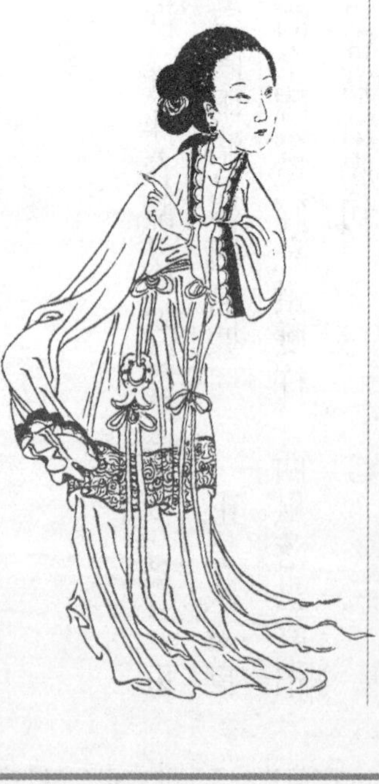

## 百字令　廢園有感

片紅飛減，甚東風不語、只催漂泊。石上胭脂花上露，誰與畫眉商略。碧甃瓶沈，紫錢釵掩，雀踏金鈴索。韶華如夢，爲尋好夢擔閣。　又是金粉空梁，定巢燕子，一口香泥落。欲寫華箋憑寄與，多少心情難託。梅豆圓時，柳緜飄處，失記當初約。斜陽冉冉，斷魂分付殘角。

## 又　宿漢兒邨

無情野火，趁西風、燒徧天涯芳草。榆塞重來冰雪裏，冷入鬢絲吹老。牧馬長嘶，征笳亂動，併入愁懷抱。定知今夕，庾郎瘦損多少。　便是腦滿腸肥，尚難消受此，荒煙落照。何况文園憔悴後，非復酒壚風調。回樂峯寒，受降城遠，夢向家山繞。茫茫百感，憑高唯有清嘯。

## 又

緑楊飛絮，歎沈沈院落、春歸何許？盡日緇塵吹綺陌，迷卻夢遊歸路。世事悠悠，生涯未是，醉眼斜陽暮。傷心怕問，斷魂何處金鼓？　夜來月色如銀，和衣獨擁，花影疏窗度。脈脈此情誰得識，又道故人別去。細數落花，更闌未睡，别是閑情緒。聞余長歎，西廊唯有鸚鵡。

## 又

人生能幾，總不如、休惹情條恨葉。剛是尊前同一笑，又到別離時節。燈灺挑殘，鑪煙爇盡，無語空凝咽。一天凉露，芳魂此夜偷接。　怕見人去樓空，柳枝無恙，猶掃窗間月。無分暗香深處住，悔把蘭襟親結。尚暖檀痕，猶寒翠影，觸緒添悲切。愁多成病，此愁知向誰說。

## 沁園春 代悼亡

夢冷蘅蕪，卻望姍姍，是耶非耶？悵蘭膏漬粉，尚留犀合；金泥蹙繡，空掩蟬紗。影弱難持，緣深暫隔，只當離愁滯海涯。歸來也，趁星前月底，魂在梨花。　鸞膠縱續琵琶，問可及、當年萼緑華？但無端摧折，惡經風浪；不如零落，判委塵沙。最憶相看，嬌訛道字，手翦銀燈自潑茶。今已矣，便帳中重見，那似伊家。

## 又

試望陰山，黯然銷魂，無言徘徊。見青峯幾簇，去天纔尺；黄沙一片，匝地無埃。碎葉城荒，拂雲堆遠，雕外寒煙慘不開。踟躕久，忽冰崖轉石，萬壑驚雷。　窮邊自足愁懷，又何必、平生多恨哉？只凄凉絶塞，蛾眉遺塚；銷沈腐草，駿骨空臺。北轉河流，南横斗柄，略點微霜鬢早衰。君不信，向西風回首，百事堪哀。

## 又

丁巳重陽前三日，夢亡婦澹妝素服，執手哽咽，語多不復能記。但臨別有云：『銜恨願爲天上月，年年猶得向郎圓。』婦素未工詩，不知何以得此也，覺後感賦。

瞬息浮生，薄命如斯，低徊怎忘。記繡榻閑時，並吹紅雨；雕闌曲處，同倚斜陽。夢好難留，詩殘莫續，贏得更深哭一場。遺容在，只靈飇一轉，未許端詳。

重尋碧落茫茫。料短髮朝來定有霜。便人間天上，塵緣未斷；春花秋葉，觸緒還傷。欲結綢繆，翻驚摇落，減盡荀衣昨日香。真無奈，倩聲聲鄰笛，譜出迴腸。

## 東風齊著力

電急流光，天生薄命，有淚如潮。勉爲歡謔，到底總無聊。欲譜頻年離恨，言已盡、恨未曾消。憑誰把、一天愁緒，按出瓊簫。

往事水迢迢。窗前月、幾番空照魂銷。舊歡新夢，雁齒小紅橋。最是燒燈時候，宜春髻、酒暖蒲萄。凄凉煞，五枝青玉，風雨飄飄。

## 摸魚兒

送座主德清蔡先生

問人生、頭白京國，算來何事消得。不如罨畫清溪上，蓑笠扁舟一隻。人不識，且笑煮鱸魚、趁著蓴絲碧。無端酸鼻，向岐路銷魂，征輪驛騎，斷雁西風急。

英雄輩，事業東西南北。臨風因甚成泣。酬知有願頻揮手，零雨凄其此日。休太息，須信道諸公、袞袞皆虛擲。年來蹤跡，有多少雄心，幾番惡夢，淚點霜華織。

## 又

午日雨眺

漲痕添、半篙柔綠，蒲梢荇葉無數。臺榭空濛煙柳暗，白鳥銜魚欲舞。紅橋路，正一派畫船、簫鼓中流住。嘔啞柔櫓，又早拂新荷，沿隄忽轉，衝破翠錢雨。

蒹葭渚，不減瀟湘深處。霏霏漠漠如霧。滴成一片鮫人淚，也似汨羅投賦。愁難譜，只綵線香菰、脈脈成千古。傷心莫語，記那日旗亭，水嬉散盡，中酒阻風去。

## 相見歡

微雲一抹遙峯，冷溶溶，恰與箇人、清曉畫眉同。

紅蠟淚，青綾被，水沈濃，卻向黃茅野店、聽西風。

## 錦堂春　秋海棠

簾際一痕輕緑，牆陰幾簇低花。夜來微雨西風軟，無力任欹斜。彷彿箇人睡起，暈紅不著鉛華。天寒翠袖添凄楚，愁近欲棲鴉。

## 憶秦娥　龍潭口

山重疊，懸崖一線天疑裂。天疑裂，斷碑題字，古苔横齧。風聲雷動鳴金鐵，陰森潭底蛟龍窟。蛟龍窟，興亡滿眼，舊時明月。

## 又

春深淺，一痕摇漾青如翦。青如翦，鷺鷥立處，煙蕪平遠。吹開吹謝東風倦，緗桃自惜紅顔變。紅顔變，兔葵燕麥，重來相見。

## 減字木蘭花

燭花搖影，冷透疏衾剛欲醒。待不思量，不許孤眠不斷腸。茫茫碧落，天上人間情一諾。銀漢難通，穩耐風波願始從。

## 又

相逢不語，一朵芙蓉著秋雨。小暈紅潮，斜溜鬟心隻鳳翹。待將低喚，直爲凝情恐人見。欲訴幽懷，轉過回闌叩玉釵。

## 又

從教鐵石，每見花開成惜惜。淚點難消，滴損蒼煙玉一條。　憐伊太冷，添箇紙窗疏竹影。記取相思，環珮歸來月下時。

## 又

斷魂無據，萬水千山何處去？没箇音書，盡日東風上緑除。　故園春好，寄語落花須自掃。莫更傷春，同是懨懨多病人。

## 又

新月

晚妝欲罷，更把纖眉臨鏡畫。準待分明，和雨和煙兩不勝。　莫教星替，守取團圓終必遂。此夜紅樓，天上人間一樣愁。

## 海棠春

落紅片片渾如霧，不教更覓桃源路。香徑晚風寒，月在花飛處。　薔薇影暗空凝佇，任碧颭、輕衫縈住。驚起早棲鴉，飛過秋千去。

## 少年遊

算來好景只如斯，惟許有情知。尋常風月，等閒談笑，稱意即相宜。　十年青鳥音塵斷，往事不勝思。一鈎殘照，半簾飛絮，總是惱人時。

## 大酺 贈梁汾

只一鑪煙，一窗月，斷送朱顏如許。韶光猶在眼，怪無端吹上，幾分塵土。手撚殘枝，沈吟往事，渾似前生無據。鱗鴻憑誰寄，想天涯隻影，凄風苦雨。便砑損吴綾，啼霑蜀紙，有誰同賦。 當時不是錯，好花月、合受天公妒。準擬倩、春歸燕子，説與從頭，争教他會人言語。萬一離魂遇，偏夢被、冷香縈住。剛聽得、城頭鼓。相思何益，待把來生祝取，慧業相同一處。

# 滿庭芳　題元人蘆洲聚雁圖

似有猿啼，更無漁唱，依稀落盡丹楓。濕雲影裏，點點宿賓鴻。占斷沙洲寂寞，寒潮上、一抹煙籠。全不似、半江瑟瑟，相映半江紅。

楚天秋欲盡，荻花吹處，竟日冥濛。近黃陵祠廟，莫采芙蓉。我欲行吟去也，應難問、騷客遺蹤。湘靈杳，一樽遙酹，還欲認青峯。

## 又

堠雪翻鴉，河冰躍馬，驚風吹度龍堆。陰燐夜泣，此景總堪悲。待向中宵起舞，無人處、那有邨雞。只應是，金笳暗拍，一樣淚霑衣。

須知今古事，棋枰勝負，翻覆如斯。歎紛紛蠻觸，回首成非。賸得幾行青史，斜陽下、斷碣殘碑。年華共，混同江水，流去幾時回。

## 憶王孫

暗憐雙緤鬱金香，欲夢天涯思轉長。幾夜東風昨夜霜。減容光，莫爲繁花又斷腸。

## 又

西風一夜翦芭蕉，滿眼芳菲總寂寥。强把心情付濁醪。讀《離騷》，洗盡秋江日夜潮。

## 又

刺桐花下是兒家，已拆秋千未采茶。睡起重尋好夢賒。憶交加，倚著閑窗數落花。

## 卜算子

塞梦

塞草晚纔青，日落箫笳动。慼慼凄凄入夜分，催度星前梦。　小语绿杨烟，怯蹋银河冻。行尽关山到白狼，相见惟珍重。

## 又

五日

村静午鸡啼，绿暗新阴覆。一展轻帘出画墙，道是端阳酒。　早晚夕阳蝉，又噪长隄柳。青鬓长青自古谁，弹指黄花九。

## 又 詠柳

嬌軟不勝垂，瘦怯那禁舞。多事年年二月風，翦出鵝黃縷。 一種可憐生，落日和煙雨。蘇小門前長短條，即漸迷行處。

## 金人捧露盤 净業寺觀蓮有懷蓀友

藕風輕，蓮露冷，斷虹收，正紅窗、初上簾鉤。田田翠蓋，趁斜陽、魚浪香浮。此時畫閣，垂楊岸、睡起梳頭。 舊遊蹤，招提路，重到處，滿離憂。想芙蓉、湖上悠悠。紅衣狼籍，卧看桃葉送蘭舟。午風吹斷江南夢，夢裏菱謳。

## 青玉案 辛酉人日

東風七日蠶芽軟，青一縷、休教翦。夢隔湘煙征雁遠。那堪又是，鬢絲吹緑，小勝宜春顫。

繡屏渾不遮愁斷，忽忽年華空冷暖。玉骨幾隨花骨换。三春醉裏，三秋別後，寂寞釵頭燕。

## 又 宿烏龍江

東風卷地飄榆莢，纔過了、連天雪。料得香閨香正徹。那知此夜，烏龍江畔，獨對初三月。

多情不是偏多別，別爲多情設。蝶夢百花花夢蝶。幾時相見，西窗翦燭，細把而今説。

## 月上海棠 中元塞外

原頭野火燒殘碣，歎英魂、才魄暗銷歇。終古江山，問東風、幾番涼熱。驚心事，又到中元時節。 淒涼況是愁中別，枉沈吟、千里共明月。露冷鴛鴦，最難忘、滿池荷葉。青鸞杳，碧天雲海音絶。

## 雨霖鈴 種柳

横塘如練，日遲簾幕，煙絲斜卷。卻從何處移得，章臺彷彿，乍舒嬌眼。恰帶一痕殘照鎖、黄昏庭院。斷腸處、又惹相思，碧霧濛濛度雙燕。 回闌恰就輕陰轉。背風花、不解春深淺。託根幸自天上，曾試把、霓裳舞徧。百尺垂垂，早是酒醒鶯語如翦。只休隔、夢裏紅樓，望箇人兒見。

## 滿江紅

茅屋新成卻賦

問我何心，卻構此、三楹茅屋。可學得、海鷗無事，閑飛閑宿。百感都隨流水去，一身還被浮名束。誤東風、遲日杏花天，紅牙曲。

塵土夢，蕉中鹿。翻覆手，看棋局。且耽閑殢酒，消他薄福。雪後誰遮簷角翠，雨餘好種牆陰緑。有些些、欲説向寒宵，西窗燭。

## 又

代北燕南，應不隔、月明千里。誰相念、胭脂山下，悲哉秋氣。小立乍驚清露濕，孤眠最惜濃香膩。况夜烏、啼絕四更頭，邊聲起。

銷不盡，悲歌意。匀不盡，相思淚。想故園今夜，玉闌誰倚？青海不來如意夢，紅箋暫寫違心字。道別來、渾是不關心，東堂桂。

## 又

爲問封姨，何事卻、排空卷地。又不是江南春好，妒花天氣。葉盡歸鴉棲未得，帶垂驚燕飄還起。甚天公、不肯惜愁人，添憔悴。　攬一霎，燈前睡。聽半餉，心如醉。倩碧紗遮斷，畫屏深翠。隻影淒清殘燭下，離魂飄緲秋空裏。總隨他、泊粉與飄香，真無謂。

## 訴衷情

冷落繡衾誰與伴？倚香篝。春睡起，斜日照梳頭。欲寫兩眉愁，休休。遠山殘翠收，莫登樓。

# 水調歌頭

題西山秋爽圖

空山梵唄静，水月影俱沈。悠然一境人外、都不許塵侵。歲晚憶曾遊處，猶記半竿斜照，一抹界疏林。絶頂茅庵裏，老衲正孤吟。

雲中錫，溪頭釣，澗邊琴。此生著幾兩屐、誰識卧遊心？準擬乘風歸去，錯向槐安回首，何日得投簪。布襪青鞋約，但向畫圖尋。

## 又　題岳陽樓圖

落日與湖水，終古岳陽城。登臨半是遷客、歷歷數題名。欲問遺蹤何處，但見微波木葉，幾簇打魚罾。多少別離恨，哀雁下前汀。

忽宜雨，旋宜月，更宜晴。人間無數金碧、未許著空明。澹墨生綃譜就，待俏橫拖一筆，帶出九疑青。彷彿瀟湘夜，鼓瑟舊精靈。

## 天仙子　淥水亭秋夜

水浴涼蟾風入袂，魚鱗觸損金波碎。好天良夜酒盈尊，心自醉，愁難睡，西南月落城烏起。

## 又

夢裏蘼蕪青一翦，玉郎經歲音書遠。暗鐘明月不歸來，梁上燕，輕羅扇，好風又落桃花片。

## 又

好在軟綃紅淚積，漏痕斜罥菱絲碧。古釵封寄玉關秋，天咫尺，人南北，不信鴛鴦頭不白。

## 浪淘沙

紫玉撥寒灰，心字全非。疏簾猶是隔年垂。半卷夕陽紅雨入，燕子來時。回首碧雲西，多少心期。短長亭外短長隄。百尺游絲千里夢，無限凄迷。

## 又　身世

野店近荒城，碪杵無聲。月低霜重莫閑行。過盡征鴻書未寄，夢又難憑。

等浮萍，病爲愁成。寒宵一片枕前冰。料得綺窗孤睡覺，一倍關情。

## 又　望海　釣得

蜃闕半模糊，踢浪驚呼。任將蠡測笑江湖。沐日光華還浴月，我欲乘桴。

六鼇無，竿拂珊瑚。桑田清淺問麻姑。水氣浮天天接水，那是蓬壺。

## 又　密意

夜雨做成秋，恰上心頭。教他珍重護風流。端的爲誰添病也，更爲誰羞？

未曾休，密願難酬。珠簾四卷月當樓。暗憶歡期真似夢，夢也須留。

## 又

紅影濕幽窗，瘦盡春光。雨餘花外卻斜陽。誰見薄衫低髻子，抱膝思量。

莫道不凄涼，早近持觴。暗思何事斷人腸。曾是向他春夢裏，瞥遇迴廊。

## 又

眉譜待全删，別畫秋山。朝雲漸入有無間。莫笑生涯渾似夢，好夢原難。

紅咮啄花殘，獨自凭闌。月斜風起袷衣單。消受春風都一例，若箇偏寒。

## 又

悶自剔殘燈，暗雨空庭。瀟瀟已是不堪聽。那更西風偏著意，做盡秋聲。　城柝已三更，欲睡還醒。薄寒中夜掩銀屏。曾染戒香消俗念，莫又多情。

【附】

## 浪淘沙　和容若韻

陳維崧

鳳脛罨殘燈，抹麗中庭。臨歧摘阮要人聽。不信一行金雁小，有許多聲。　今夜怯涼更，茶沸笙瓶。夢中夢好怕他醒。依舊刺桐花底去，無限心情。

## 又

雙燕又飛還，好景闌珊。東風那惜小眉彎？芳草綠波吹不盡，只隔遥山。　花雨憶前番，粉淚偷彈。倚樓誰與話春閑？數到今朝三月二，夢見猶難。

## 又

清鏡上朝雲，宿篆猶薰。一春雙袂盡啼痕。那更夜來山枕側，又夢歸人。　花底病中身，懶約濺裙。待尋閑事度佳辰。繡榻重開添幾線，舊譜翻新。

# 南樓令

金液鎮心驚，煙絲似不勝。沁鮫綃、湘竹無聲。不爲香桃憐瘦骨，怕容易，減紅情。

將息報飛瓊，蠻箋署小名。鑒凄涼、片月三星。待寄芙蓉心上露，且道是，解朝酲。

## 又

塞外重九

古木向人秋，驚蓬掠鬢稠。是重陽、何處堪愁。記得當年惆悵事，正風雨，下南樓。

斷夢幾能留，香魂一哭休。怪涼蟾、空滿衾裯。霜落烏啼渾不睡，偏想出，舊風流。

## 生查子

短焰剔殘花，夜久邊聲寂。倦舞卻聞雞，暗覺青綾濕。天水接冥濛，一角西南白。欲渡浣花溪，遠夢輕無力。

## 又

惆悵彩雲飛，碧落知何許。不見合歡花，空倚相思樹。總是別時情，那得分明語。判得最長宵，數盡厭厭雨。

## 又

東風不解愁，偷展湘裙衩。獨夜背紗籠，影著纖腰畫。爇盡水沈煙，露滴鴛鴦瓦。花骨冷宜香，小立櫻桃下。

## 又

鞭影落春隄，綠錦障泥卷。脈脈逗菱絲，嫩水吴姬眼。　齧膝帶香歸，誰整櫻桃宴。蠟淚惱東風，舊壘眠新燕。

## 又

散帙坐凝塵，吹氣幽蘭並。茶名龍鳳團，香字鴛鴦餅。　玉局類彈棋，顛倒雙棲影。花月不曾閑，莫放相思醒。

## 憶桃源慢

斜倚熏籠，隔簾寒，徹徹夜寒于水。離魂何處，一片月明千里。兩地淒涼多少恨，分付藥鑪煙細。近來情緒，非關病酒，如何擁鼻長如醉。轉尋思、不如睡也，看道夜深怎睡。　幾年消息浮沈，把朱顏、頓成憔悴。紙窗風裂，寒到箇人衾被。篆字香消燈灺冷，忽聽塞鴻嘹唳。加餐千萬，寄聲珍重，而今始會當時意。早催人、一更更漏，殘雪月華滿地。

## 青衫濕遍 悼亡

按：此調譜律不載，疑亦自度曲。

青衫濕徧，憑伊慰我，忍便相忘。半月前頭扶病，翦刀聲、猶在銀釭。憶生來、小膽怯空房。到而今、獨伴梨花影，冷冥冥、儘意凄凉。願指魂兮識路，教尋夢也迴廊。

咫尺玉鈎斜路，一般消受，蔓草殘陽。判把長眠滴醒，和清淚、攪入椒漿。怕幽泉、還爲我神傷。道書生、薄命宜將息，再休耽、怨粉愁香。料得重圓密誓，難禁寸裂柔腸。

## 酒泉子

謝卻荼蘼，一片月明如水。篆香消，猶未睡，早鴉啼。　嫩寒無賴羅衣薄，休傍闌干角。最愁人，燈欲落，雁還飛。

## 鳳凰臺上憶吹簫

守歲

錦瑟何年，香屏此夕，東風吹送相思。記巡簷笑罷，共撚梅枝。還向燭花影裏，催教看、燕蠟雞絲。如今但、一編消夜，冷暖誰知。　當時，歡娛見慣，道歲歲瓊筵，玉漏如斯。悵難尋舊約，枉費新詞。次第朱旛剪綵，冠兒側、鬭轉蛾兒。重驗取、盧郎青鬢，未覺春遲。

## 又

除夕得梁汾閩中信，因賦

茘粉初裝，桃符欲換，懷人擬賦然脂。喜螺江雙鯉，忽展新詞。稠疊頻年離恨，匆匆裏、一紙難題。分明見、臨緘重發，欲寄遲遲。

心知，梅花佳句，待粉郎香令，再結相思。記畫屏今夕，曾共題詩。獨客料應無睡，慈恩夢、那值微之。重來日、梧桐夜雨，卻話秋池。

## 翦梧桐

自度曲

新睡覺，聽漏盡、烏啼欲曉。任百種思量，都來擁枕，薄衾顛倒。土木形骸，分甘抛擲，只平白、占伊懷抱。聽蕭蕭、一翦梧桐，此日秋聲重到。若不是、憂能傷人，怎青鏡、朱顏易老。憶少日清狂，花間馬上，軟風斜照。端的而今，誤因疏起，卻懊惱、殢人年少。料應他、此際閑眠，一樣積愁難掃。

## 漁父

收卻綸竿落照紅，秋風寧爲翦芙蓉。人淡淡，水濛濛，吹入蘆花短笛中。

## 望江南 詠弦月

初八月，半鏡上青霄。斜倚畫闌嬌不語，暗移梅影過紅橋。裙帶北風飄。

## 又

江南憶，鸞輅此經過。一蔛胭脂沈碧甃，四圍亭壁幛紅羅。消息暑風多。

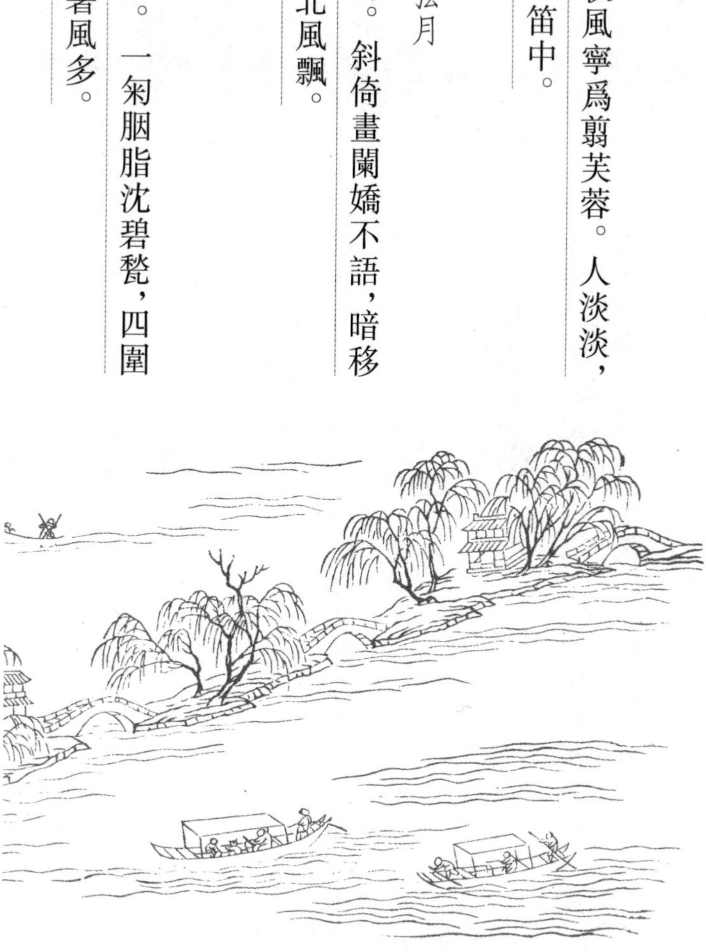

## 又

春去也，人在畫樓東。芳草緑黏天一角，落花紅沁水三弓。好景共誰同。

## 赤棗子

風淅淅，雨纖纖。難怪春愁細細添。記不分明疑是夢，夢來還隔一重簾。

## 玉連環影

才睡愁壓衾花碎。細數更籌，眼看銀蟲墜。夢難憑，訊難真。只是賺伊終日兩眉顰。

## 如夢令

萬帳穹廬人醉，星影搖搖欲墜。歸夢隔狼河，又被河聲攪碎。還睡，還睡，解道醒來無味。

## 天仙子

月落城烏啼未了，起來翻爲無眠早。薄霜庭院怯生衣，心悄悄，紅闌繞。此情待共誰人曉？

## 相見歡

落花如夢凄迷，麝煙微，又是夕陽潛下小樓西。愁無限，消瘦盡，有誰知，閑教玉籠鸚鵡念郎詩。

## 昭君怨

暮雨絲絲吹濕，倦柳愁荷風急。瘦骨不禁秋，總成愁。　别有心情怎説，未是訴愁時節。譙鼓已三更，夢須成。

## 浣溪沙

錦樣年華水樣流，鮫珠迸落更難收。病餘常是怯梳頭。　一徑緑雲修竹怨，半窗紅日落花愁。愔愔只是下簾鈎。

## 又

肯把離情容易看，要從容易見艱難。難拋往事一般般。　今夜燈前形共影，枕函虚置翠衾單。更無人與共春寒。

## 又

已慣天涯莫浪愁，寒雲衰草漸成秋。漫因睡起又登樓。

伴我蕭蕭惟代馬，笑人寂寂有牽牛。勞人只合一生休。

## 又

一半殘陽下小樓，朱簾斜控軟金鈎。倚闌無緒不能愁。

有箇盈盈騎馬過，薄妝淺黛亦風流。見人羞澀卻回頭。

## 又

寄嚴蓀友

藕蕩橋邊理約筩，苧蘿西去五湖東。筆牀茶竈太從容。

況有短牆銀杏雨，更兼高閣玉蘭風。畫眉閑了畫芙蓉。

## 霜天曉角

重來對酒，折盡風前柳。若問看花情緒，似當日，怎能彀。休爲西風瘦，痛飲頻搔首。自古青蠅白璧，天已早，安排就。

## 菩薩蠻 過張見陽山居賦贈

車塵馬跡紛如織，羨君築處真幽僻。柿葉一林紅，蕭蕭四面風。功名應看鏡，明月秋河影。安得此山間，與君高卧閑。

## 又

夢回酒醒三通鼓，斷腸啼鴂花飛處。新恨隔紅窗，羅衫淚幾行。相思何處說，空有當時月。月也異當時，團圞照鬢絲。

## 采桑子　居庸關

巂周聲裏嚴關峙，匹馬登登。亂踏黄塵，聽報郵籤第幾程。　行人莫話前朝事，風雨諸陵。寂寞魚燈，天壽山頭冷月横。

## 減字木蘭花

花叢冷眼，自惜尋春來較晚。知道今生，知道今生那見卿。　天然絕代，不信相思渾不解。若解相思，定與韓憑共一枝。

## 憶秦娥

長飄泊，多愁多病心情惡。心情惡，模糊一片，强分哀樂。　擬將歡笑排離索，鏡中無奈顏非昨。顏非昨，才華尚淺，因何福薄。

## 清平樂

發漢皃郵題壁

參横月落，客緒從誰託。望裏家山雲漠漠，似有紅樓一角。　不如意事年年，消磨絶塞風煙。輸與五陵公子，此時夢繞花前。

## 又

角聲哀咽，襆被馱殘月。過去華年如電掣，禁得番番離别。　一鞭衝破黄埃，亂山影裏徘徊。驀憶去年今日，十三陵下歸來。

## 又

畫屏無睡，雨點驚風碎。貪話零星蘭燄墜，閑了半牀紅被。　生來柳絮飄零，便教呪也無靈。待問歸期還未，已看雙睫盈盈。

## 青衫濕　悼亡

近來無限傷心事，誰與話長更？從教分付，緑窗紅淚，早雁初鶯。　當時領略，而今斷送，總負多情。忽疑君到，漆燈風颭，癡數春星。

## 山花子

一霎燈前醉不醒，恨如春夢畏分明。澹月澹雲窗外雨，一聲聲。

人到情多情轉薄，而今真箇不多情。又聽鷓鴣啼徧了，短長亭。

## 望江南

宿雙林禪院有感

心灰盡，有髮未全僧。風雨消磨生死別，似曾相識只孤檠，情在不能醒。

搖落後，清吹那堪聽。淅瀝暗飄金井葉，乍聞風定又鐘聲，薄福薦傾城。

## 浪淘沙 秋思

霜訊下銀塘，併作新涼。奈他青女忒輕狂。端正一枝荷葉蓋，護了鴛鴦。燕子要
還鄉，惜別雕梁。更無人處倚斜陽。還是薄情還是恨，仔細思量。

## 秋千索

錦帷初卷蟬雲繞，卻待要、起來還早。不成薄睡倚香篝，一縷縷、殘烟裊。緑陰
滿地紅闌悄，更添與、催歸啼鳥。可憐春去又經時，只莫被、人知了。

## 於中好　離恨

背立盈盈故作羞，手挼梅蕊打肩頭。欲將離恨尋郎說，待得郎來恨卻休。
雲澹澹，水悠悠，一聲橫笛鎖空樓。何時共泛春溪月，斷岸垂楊一葉舟。

## 又　詠史

馬上吟成促渡江，分明閑氣屬閨房。生憎久閉金鋪暗，花冷回心玉一牀。
添哽咽，足凄凉，誰教生得滿身香。只今西海年年月，猶爲蕭家照斷腸。

## 南鄉子 秋莫村居

紅葉滿寒溪，一路空山萬木齊。試上小樓極目望，高低。一片烟籠十里陂。吠犬雜鳴雞，燈火熒熒歸路迷。乍逐横山時近遠，東西。家在寒林獨掩扉。

## 雨中花

樓上疏烟樓下路，正招余、緑楊深處。奈卷地西風，驚回殘夢，幾點打窗雨。夜深雁掠東簷去，赤憎是、斷魂碪杵。算酌酒忘憂，夢闌酒醒，愁思知何許。

## 明月棹孤舟　海淀

一片亭亭空凝佇，趁西風、霓裳徧舞。白鳥驚飛，菰蒲葉亂，斷續浣紗人語。

丹碧駁殘秋夜雨，風吹去、采菱越女。轆轤聲斷，昏鴉欲起，多少博山情緒。

## 鵲橋仙

倦收緗帙，悄垂羅幕，盼煞一燈紅小。便容生受博山香，銷折得、狂名多少。

是伊緣薄，是儂情淺，難道多磨更好？不成寒漏也相催，索性儘、荒雞唱了。

## 又

夢來雙倚，醒時獨擁，窗外一眉新月。尋思常自悔分明，無奈卻、照人清切。一宵燈下，連朝鏡裏，瘦盡十年花骨。前期總約上元時，怕難認、飄零人物。

## 虞美人 秋夕信步

愁痕滿地無人省，露濕琅玕影。閑階小立倍荒涼，還賸舊時月色在瀟湘。　薄情轉是多情累，曲曲柔腸碎。紅箋向壁字模糊，憶共燈前呵手爲伊書。

## 臨江仙

昨夜箇人曾有約，嚴城玉漏三更。一鈎新月幾疏星，夜闌猶未寢，人靜鼠窺燈。原是瞿唐風間阻，錯教人恨無情。小闌干外寂無聲，幾回腸斷處，風動護花鈴。

## 又

孤雁

霜冷離鴻驚失伴，有人同病相憐。擬憑尺素寄愁邊，愁多書屢易，雙淚落燈前。莫對月明思往事，也知消減年年。無端嘹唳一聲傳，西風吹隻影，剛是早秋天。

## 滿江紅 爲曹子清題其先人所搆楝亭，亭在金陵署中

籍甚平陽，羨奕葉、流傳芳譽。君不見、山龍補衮，昔時蘭署。飲罷石頭城下水，移來燕子磯邊樹。倩一莖、黄楝作三槐，趨庭處。　延夕月，承晨露。看手澤，深餘慕。更鳳毛才思，登高能賦。入夢憑將圖繪寫，留題合遣紗籠護。正緑陰、青子盼烏衣，來非暮。

【附】

### 顧貞觀和詞

繡虎才華，曾不減、司空清譽。還記得、當年繞膝，雁行冰署。依約階前雙玉筍，分明海上三珠樹。憶一枝新蔭小書窗，親栽處。　柯葉改，霜和露。雲舍杳，空追慕。擬乘軺即日，舊游重賦。暫却緇塵求獨賞，層脩碧檻須加護。蚤催教結實引鵷雛，相朝暮。

## 東風第一枝 桃花

薄劣東風，凄其夜雨，曉來依舊庭院。多情前度崔郎，應歎去年人面。湘簾乍卷，早迷了、畫梁棲燕。最嬌人、清曉鶯啼，飛去一枝猶顫。

背山郭、黃昏開徧，想孤影、夕陽一片。是誰移向亭皋，伴取暈眉青眼。五更風雨，算減卻、春光一線。傍荔牆、牽惹游絲，昨夜絳樓難辨。

## 水龍吟

題文姬圖

須知名士傾城，一般易到傷心處。柯亭響絶，四絃才斷，惡風吹去。萬里他鄉，非生非死，此身良苦。對黄沙白草，嗚嗚卷葉，平生恨，從頭譜。　應是瑶臺伴侣，只多了、氈裘夫婦。嚴寒觱篥，幾行鄉淚，應聲如雨。尺幅重披，玉顔千載，依然無主。怪人間厚福，天公儘付，癡兒騃女。

## 又

再送蓀友南還

人生南北真如夢，但卧金山高處。白波東逝，鳥啼花落，任他日暮。别酒盈觴，一聲將息，送君歸去。便烟波萬頃，半帆殘月，幾回首，相思否。　可憶柴門深閉，玉繩低、翦燈夜語。浮生如此，别多會少，不如莫遇。愁對西軒，荔牆葉暗，黄昏風雨。更那堪幾處，金戈鐵馬，把凄凉助。

## 瑞鶴仙

丙辰生日自壽。起用彈指詞句，并呈見陽

馬齒加長矣，枉碌碌乾坤。問汝何事，浮名總如水。判尊前盃酒，一生長醉。殘陽影裏，問歸鴻、歸來也未。且隨緣、去住無心，冷眼華亭鶴唳。　無寐。宿醒猶在，小玉來言，日高花睡。明月闌干，曾説與，應須記。是蛾眉便自，供人嫉妒，風雨飄殘花蕊。歎光陰、老我無能，長歌而已。

## 望海潮

寶珠洞

漢陵風雨，寒煙衰草，江山滿目興亡。白日空山，夜深清唄，算來别是凄凉。往事最堪傷。想銅駝巷陌，金谷風光。幾處離宫，至今童子牧牛羊。　荒沙一片茫茫。有桑乾一線，雪冷鵰翔。一道炊煙，三分夢雨，忍看林表斜陽。歸雁兩三行。見亂雲低水，鐵騎荒岡。僧飯黄昏，松門凉月拂衣裳。

## 金縷曲

未得長無謂。竟須將、銀河親挽，普天一洗。麟閣才教留粉本，大笑拂衣歸矣。如斯者、古今能幾。有限好春無限恨，没來由、短盡英雄氣。暫覓箇，柔鄉避。　東君輕薄知何意。儘年年、愁紅慘緑，添人憔悴。兩鬢飄蕭容易白，錯把韶華虚費。便決計、疏狂休悔。但有玉人常照眼，向名花、美酒拚沈醉。天下事，公等在。

# 浣溪沙

郊游聯句

出郭尋春春已闌，陳維崧
東風吹面不成寒。秦松齡
青村幾曲到西山。嚴繩孫
竝馬未須愁路遠，姜宸英
看花且莫放盃閑。朱彝尊
人生别易會常難。納蘭成德

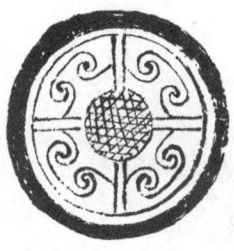

# 附錄一

## 傳記

### 本傳

性德，納喇氏，初名成德，以避皇太子允礽嫌名改，字容若，滿洲正黄旗人，明珠子也。性德事親孝，侍疾衣不解帶，顔色黧黑，疾愈乃復。數歲即習騎射，稍長工文翰。康熙十四年成進士，年十六。聖祖以其世家子，授三等侍衛，再遷至一等。令賦《乾清門應制》詩，譯御制《松賦》，皆稱旨。俄疾作，上將出塞避暑，遣中官將御醫視疾，命以疾增減告。遽卒，年止三十一。嘗奉使塞外有所宣撫，卒後，受撫諸部款塞。上自行在遣中官祭告，其眷睞如是。

性德鄉試出徐乾學門。與從揅討學術，嘗裒刻宋、元人説經諸書，書爲之序，以自撰《禮記陳氏集説補正》附焉，合爲《通志堂經解》。性德善詩，尤長倚聲。徧涉南唐、北宋諸家，窮極要眇。所著《飲水》、《側帽》二集，清新秀雋，自然超逸。嘗讀趙松雪自寫照詩有感，即繪小像，仿其衣冠。坐客期許過當，弗應也。乾學謂之曰：『爾何似王逸少！』則大喜。好賓禮士大夫，與嚴繩孫、顧貞觀、陳維崧、姜宸英諸人游。貞觀友吴江吴兆騫坐科場獄戍寧古塔，賦《金縷曲》二篇寄焉。性德讀之歎曰：『山陽《思舊》，都尉《河梁》，并此而三矣！』貞觀因力請爲兆騫謀，得釋還，士尤稱之。（《清史稿·列傳二百七十一文苑一》）

## 通議大夫一等侍衛進士納蘭君墓誌銘

嗚呼，始容若之喪，而余哭之慟也。今其棄余也數月矣。余每一念至，未嘗不悲來填膺也。嗚呼，豈直師友之情乎哉！余閱世將老矣，從我遊者亦衆矣，如容若之天姿之純粹，識見之高明，學問之淹通，才力之强敏，殆未有過之者也。天不假之年，余固抱喪子之痛，而聞其喪者，識與不識，皆哀而出涕也。又何以得此於人哉！太傅公失其愛子，至今每退朝，望子舍必哭。哭已，皇皇焉如冀其復者，亦豈尋常父子之情也。至尊每爲太傅勸節哀，太傅愈益悲不自勝。余間過相慰，則執余手而泣曰：惟君知我子，惠邀君言，以掩諸幽，使我子雖死猶生也。余奚忍以不文爲辭。顧余之知容若，自壬子秋榜後始，迄今十三四年耳。後容若入侍中，禁廷嚴密，其言論梗概，有非外臣所得而知者。太傅屬痛悼，未能殫述，則是余之所得而言者，其於容若之生平，又不過什之二三而已。嗚呼，是重可悲也！

容若姓納蘭氏，初名成德，後避東宮嫌名，改曰性德。年十七，補諸生，貢入太學。余弟立齋爲祭酒，深器重之，謂余曰：司馬公賢子，非常人也。明年，舉順天鄉試。余忝主司，宴於京兆府，偕諸舉人青袍拜堂下，舉止

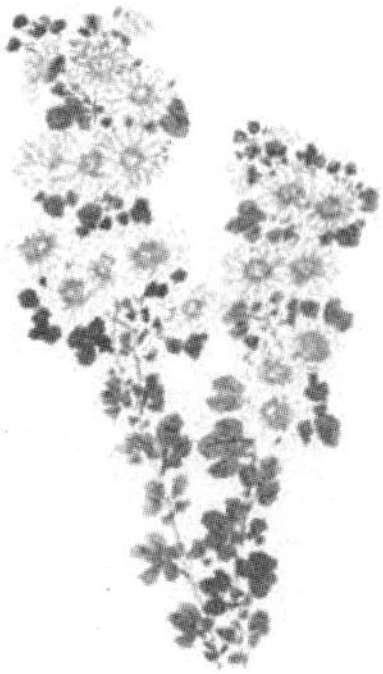

閑雅。越三日，謁余邸舍，談經史源委及文體正變，老師宿儒有所不及。明年會試中式，將廷對，患寒疾。太傅曰：吾子年少，其少俟之。於是益肆力經濟之學，熟讀《通鑑》及古人文辭。三年而學大成。歲丙辰，應殿試，條對凱切，書法遒逸，讀卷執事各官咸歎異焉。名在二甲，賜進士出身。閉門掃軌，蕭然若寒素，客或詣者，輒避匿。擁書數千卷，彈琴詠詩，自娱悦而已。未幾，太傅入秉鈞。容若選授三等侍衛，出入扈從，服勞惟謹。上眷注異於他侍衛。久之，晋二等，尋晋一等。上之幸海子、沙河，及西山、湯泉，及畿輔、五臺、口外、盛京、烏剌，及登東岳，幸闕里，省江南，未嘗不從。先後賜金牌、綵緞、上尊、御饌、袍帽、鞍馬、弧矢、字帖、佩刀、香扇之屬甚夥。是歲萬壽節，上親書唐賈至《早期》七言律賜之。月餘，令賦《乾清門應制》詩，譯御制《松賦》，皆稱旨。於是外庭僉言上知其有文武才，非久且遷擢矣。嗚呼，孰意其七日不汗死也。容若既得疾，上使中官侍衛及御醫日數輩絡繹至第診治。於是上將出關避暑，命以疾增減報，日再三。疾亟，親處方藥賜之。未及進而歿。上爲之震悼。中使賜奠，卹典有加焉。容若嘗奉使覘梭龍諸羌，其歿後旬日，適諸羌輸款，上於行在遣宮使拊其几筵哭而告之，以其嘗有勞於是役也。於此亦足以知

上所以屬任之者非一日矣。嗚呼，容若之當官任職，其事可得而紀者，止於是矣。余滋以其孝友忠順之性，殷勤固結，書所不能盡之言，言所不能傳之意，雖若可髣髴其一二，而終莫能而悉也，爲可惜也。

容若性至孝。太傅嘗偶恙，日侍左右，衣不解帶，顔色黝黑，及愈乃復初。太傅及夫人加餐，輒色喜，以告所親。友愛幼弟，弟或出，必遣親近傔僕護之。反必往視，以爲常。其在上前，進反曲折有常度。性耐勞苦，嚴寒執熱，直廬頓次，不敢乞休沐自逸，類非綺襦紈袴者所能堪也。自幼聰敏，讀書一再過即不忘。善爲詩，在童子已句出驚人。久之益工，得開元、大曆間丰格。尤喜爲詞，自唐、五代以來諸名家詞皆有選本，以洪武韻改并聯屬，名《詞韻正略》。所著《側帽集》，後更名《飲水集》者，皆詞也。好觀北宋之作，不喜南渡諸家，而清新秀雋，自然超逸，海内名爲詞者皆歸之。他論著尚多。其書法摹褚河南臨本禊帖，間出入於《黄庭内景經》。當入對殿廷，數千言立就，點畫落紙，無一筆非古人者。薦紳以不得上第入詞館爲容若歎息；及被恩命，引而置之珥貂之行，而後知上之所以造就之者，别有在也。容若數歲即善騎射，自在環衛，益便習，發無不中。其扈蹕時，雕弓書卷，錯雜左右。日則校獵，夜必讀書，書

聲與他人鼾聲相和。間以意製器，多巧倕所不能。於書畫評鑒最精。其料事屢中。不肯輕爲人謀，謀必竭其肺腑。嘗讀趙松雪自寫照詩有感，即繪小像，倣其衣冠。坐客或期許過當，弗應也。余謂之曰：爾何酷類王逸少！容若心獨喜。所論古時人物，嘗言王茂弘闌闍闌闍，心術難問；婁師德唾面自乾，大無廉恥。其識見多此類。間嘗與之言往聖昔賢修身立行，及於民物之大端，前代興亡理亂所在，未嘗不慨然以思。讀書至古今家國之故，憂危明盛，持盈守謙，格人先正之遺戒，有動於中，未嘗不形於色也。嗚呼，豈非《大雅》之所謂亦世克生者耶，而竟止於斯也。夫豈徒吾黨之不幸哉！

君之先世，有葉赫之地。自明初内附中國，諱星懇達爾漢，君始祖也。六傳至諱養汲弩，君高祖考也。有子三人，第三子諱金台什，君曾祖考也。女弟爲太祖高皇帝后，生太宗文皇帝。太祖高皇帝舉大事，而葉赫爲明外捍，數遣使諭，不聽，因加兵克葉赫，金台什死焉。卒以舊恩，存其世祀。其次子即今太傅公之考，諱倪迓韓，君祖考也。君太傅之長子，母覺羅氏，一品夫人。淵源令緒，本崇積厚，發聞滋大，若不可圉。配盧氏，兩廣總督、兵部尚書、都察院右副都御史興祖之女，贈淑人，先君卒。繼室官氏，某官某之女，封淑

人。男子子二人，福哥，女子子一人，皆幼。君生於順治十一年十二月，卒於康熙二十四年五月己丑，年三十有一。

君所交遊，皆一時儁異，於世所稱落落難合者，若無錫嚴繩孫、顧貞觀、秦松齡，宜興陳維崧，慈谿姜宸英，尤所契厚。吳江吳兆騫久徙絕塞，君聞其才名，贖而還之。坎軻失職之士走京師，生館死殯，於貲財無所計惜。以故，君之喪，哭之者皆出涕，爲哀輓之詞者數十百人，有生平未識面者。其於余綢繆篤摯，數年之中，殆日以余之休戚爲休戚也，故余之痛尤深。既爲詩以哭之，應太傅之命，而又爲之銘。其葬蓋未有日也。

銘曰：天實生才，藴崇胚胎，將象賢而奕世也，而靳與之年，謂之何哉！使功緒不顯於旂常，德澤不究於黎庶，豈其有物焉爲之災。惟其所樹立，亦足以不死矣，而亦又奚哀！（徐乾學撰文，康熙刻本《通志堂集·附録》）

# 附錄二

## 序跋

### 徐乾學序

往者，容若病且殆，邀余訣别，泣而言曰：『性德承先生之教，思鑽研古人文字，以有成就，今已矣。生平詩文本不多，隨手揮寫，輒復散佚，不甚存録。辱先生不鄙棄，執經左右十有四年。先生語以讀書之要及經史諸子百家源流，如行者之得路。然性喜作詩餘，禁之難止。今方欲從事古文，不幸遘疾短命，長負明誨，殁有餘恨。』余聞其言而痛之，自始卒以及殯阼，臨其喪，哭之必慟。其葬也，余既爲之志，又銘其隧道之石。余甚悲。容若以豪邁挺特之才，勤勤學問，生長華閥，澹于榮利。自癸丑五月始，逢三六九日，黎明騎馬過余邸舍，講論書史，日暮乃去，至入爲侍衛而止。其識見高卓，思致英敏，天假之年，所建樹必遠且大。而甫及三十，奄忽辭世，使千古而下與顔子淵、賈太傅並稱，豈惟忝長一日者有祝予之悲，海内士大夫無不聞而流涕，何其酷也。余里居杜門，檢其詩詞古文遺稿太傅公所手授者，及友人秦對巖、顧梁汾所藏，并經解小序，合而梓之，以存梗概，爲《通志堂集》，碑志哀輓之作附于卷後。嗚呼，容若之遺文止此，其必傳于後無疑矣。記其撤瑟之言，宛如昨日，爲和淚書而序之。重光協洽之歲，崑山友人健庵徐乾學書。（《通志堂集·序》，康熙刻本《通志堂集》卷首）

## 嚴繩孫序

始余與成子容若定交，成子年未二十。見其才思敏異，世未有過之者也。使成子得中壽，且遲爲天子貴近臣，而舉其所得之歲月，肆力於六經諸史百家之言，久之，浩瀚磅礴，以發爲詩歌、古文詞，吾不知所詣極矣。今也不然。追溯前遊，十餘年耳。而此十餘年之中，始則有事廷對所習者，規摹先進，爲殿陛敷陳之言。及官侍從，值上巡幸，時時在鈎陳豹尾之間。無事則平旦而入，日晡未退以爲常。且觀其意，惴惴有臨履之憂，視凡爲近臣者有甚焉。蓋其得從容於學問之日，固已少矣。吾不知成子何以能成就其才若此。抑嘗計之，夫成子雖處貴盛，閑庭蕭寂。外之無掃門望塵之謁，內之無裙屐絲管、呼盧秉燭之游。每夙夜寒暑，休沐定省，片晷之暇，游情藝林。而又能擷其英華，匠心獨至，宜其無所不工也。至於樂府小詞，以爲近騷人之遺，尤嘗好爲之。故當其合作，飄忽要眇，雖列之花間、草堂，左清真而右屯田，亦足以自名其家矣。嗟乎！天之生才，而或奪之年，如賈傅之奇氣卓識，度越今古無論。其次文章之士，若唐王勃之流，藻艷飈馳，一往輒盡。故裴行儉之論，有以卜其所止。今成子之作，非無長才。而蘊藉流逸，根乎情性。所謂人所應有，已不必有；人所應無，已不必無。雖使益充其所至，猶疑非世之所共識賞，而造物厄之何耶！雖然，

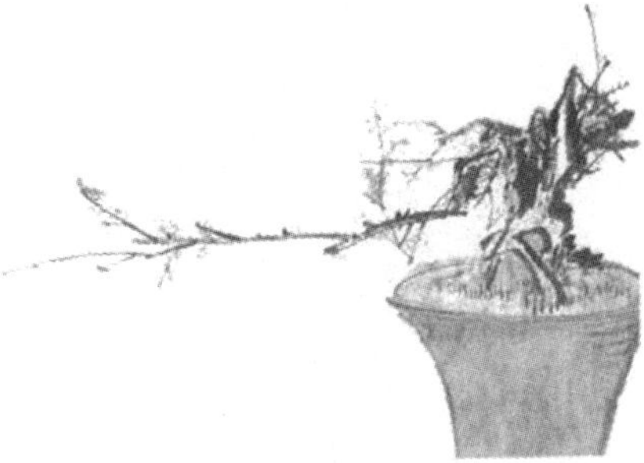

脩短天也。夫士亦欲其言之傳耳。今健庵先生已綴輯其遺文而刻之，蓋不徒篤死生之誼也，後世必更有知成子者矣。獨是余與成子周旋久。於先生之命序是編，其能不泫然而廢讀乎？康熙三十年秋九月，無錫嚴繩孫題。（《成容若遺稿序》，康熙刻本《通志堂集》卷首）

## 顧貞觀序

非文人不能多情，非才子不能善怨。《騷》、《雅》之作，怨而能善，惟其情之所鍾爲獨多也。容若天資超逸，翛然塵外。所爲樂府小令，婉麗淒清，使讀者哀樂不知所主，如聽中宵梵唄，先悽惋而後喜悅。定其前身，此豈尋常文人所得到者？昔汾水秋雁之篇，三郎擊節，謂巨山爲才子。紅豆相思，豈必生南國哉？蓀友謂余，盍取其詞盡付剞劂？因與吳君薗次共爲訂定，俾流傳於世云。同學顧貞觀識。時康熙戊午又三月上巳，書於吳趨客舍。

（《納蘭詞·原序》道光十二年汪元治結鐵網齋刻本）

## 吳綺序

一編《側帽》，旗亭競拜雙鬟；千里交襟，樂部唯推隻手。吟哦送日，已教刻偏琅玕；把玩忘年，行且裝之玳瑁矣。邇因梁汾顧子，高

懷遠詢《停雲》；再得容若成君，新製仍名《飲水》。披函畫讀，吐異氣於龍賓；和墨晨書，綴靈葩於虎僕。香非蘭茝，經三日而難名；色似蒲桃，雜五紋而奚辨。漢宮金粉，不增飛燕之妍；洛水煙波，難寫驚鴻之麗。蓋進而益密，冷暖衹在自知；而聞者咸歔，哀樂渾忘所主。誰能爲是，輒喚奈何。則以成子姿本神仙，雖無妨於富貴；而身遊廊廟，恒自託于江湖。故語必超超，言皆奕奕。水非可盡，得字成瀾；花本無言，聞聲若笑。時時夜月，鏡照眼而益以照心；處處斜陽，簾隔形而不能隔影。才由骨俊，疑前身或是青蓮；思自胎深，想竟體俱成紅豆也。嗟乎！非慧男子不能善愁，唯古詩人乃云可怨。公言性我獨言情，多讀書必先讀曲。江南腸斷之句，解唱者唯賀方回；堂東彈淚之詩，能言者必李商隱耳。薗次吴綺序於林蕙堂。（《納蘭詞·原序》道光十二年汪元治結鐵網齋刻本）

## 張純修序

余既裒容若詩詞付之梓人，刻既成，謹泚筆而爲之序曰：嗟乎！謂造物者而有意於容若也，不應奪之如此其速。謂造物者而無意於容若也，不應畀之如此其厚。豈一人之身故有可解不可解者耶？容若與余爲異姓昆弟，其生平有死

生之友曰顧梁汾。梁汾嘗言：人生百年，一彈指頃，富貴草頭露耳。容若當思所以不朽，吾亦甚思所以不朽容若者。夫立德非旦暮間事，立功又未可預必，無已，試立言乎。而言之僅僅以詩詞見者，非容若意也，並非梁汾意也。語云：非窮愁不能著書。古之人欲成一家之言，網羅編葺，動需歲月。今容若之才得於天者非不最優，而有章服以束其體，有職守以勞其生，復不少假之年，俾得殫其力以從事於儒生之所爲。噫嘻！豈真以畀之者奪之，而其所不可解者即其所可解者耶？梁汾從京師南來，每與余酒闌燈灺，追數往事，輒相顧太息，或泣下不可止。憶容若素矜慎，不輕爲文章，極留意經學，而所爲經解諸序，從未出以相示。此卷得之梁汾手授，其詩之超逸，詞之雋婉，世共知之。而其所以爲詩詞者，依然容若自言，如魚飲水，冷暖自知而已。區區痛惜之私，欲不言不忍，姑述其大略如是云。時康熙辛未仲秋，古燕張純修書於廣陵署之語石軒。（《飲水詩詞集》康熙三十年張純修刻本）

## 汪元浩跋

余自束髮，稍解四聲，即好倚聲之學。小令好南唐主，慢詞好玉田生，以能移我情，不知其一往而深也。國初才人輩出，秀水以高逸勝，陽

羡以豪宕勝，均出入南北兩宋間。同時納蘭容若先生則獨爲南唐主、玉田生嗣響。徐、韓兩尚書碑誌，稱先生有文武才，所著恒於射飛逐走之暇得之。《四庫全書》收有《合訂删補大易集成粹言》八十卷，《陳氏禮記集説補正》三十八卷。詩餘特餘事耳，已超入古作者之室如此。顧《易》、《禮》二編，未見刊本。即詩、古文亦流傳者少。所共知者詞，而又罕覩其全，讀者恨之。余弟仲安從王丈少仙假得先生《側帽詞》，好之篤，故其筆墨間有近之者。曾質之趙丈艮甫，丈賞爲納蘭再世，仲安未敢當也。余因謂之曰：古人於所好，得似者而喜矣，况其真乎。納蘭詞之散見於他選者，誠搜而輯之，以子之好，公之海内，吾知海内必争先覩爲快。仲安乃因顧梁汾原輯本，及楊蓉裳抄本、袁蘭邨刊本、《昭代詞選》、《名家詞鈔》、《詞匯》、《詞綜》、《詞雅》、《草堂嗣響》、《亦園詞選》等書，彙鈔得二百七十餘闋。其前後之次，則按體編之。字句異同，悉加注明。並采詞評、詞話，録於卷首。夫納蘭氏異時必有全集彙刊，並朱、陳二集以傳。兹特嘉仲安搜羅之勤，付諸剞劂，以公同好，且望海内得見其全者補所未備焉。道光壬辰夏六月上澣，汪元浩跋於夢雲館。（道光十二年汪元治結鐵網齋刻本）

## 汪元治後跋

元治輯《納蘭詞》四卷，伯兄跋之詳矣。剞劂告竣，將次印刷，復於吴門彭丈桐橋處得《通志堂全集》，共二十卷。内詞四卷，計三百四闋。參互詳考，所遺有四十六闋。爰即補刊於後編，爲五卷。而元治所輯，亦有一十九闋爲全集所未載，殆當時失傳故耳。今匯得三百二十三闋，可稱大備，無遺憾矣。復跋數語，以致深幸云。道光壬辰秋七月既望，汪元治書於結鐵網齋。（道光十二年結鐵網齋刻本）

## 徐乃乾跋

《納蘭詞》自康熙以來凡數刻，惟刻於《通志堂集》中者，爲顧梁汾選定本。若張見陽本，雖題顧貞觀閱定，不免意爲增删。乾隆以來諸刻，大都僅據顧刻翻雕，而改易字句。汪珊漁本，則輯自羣籍，故篇帙獨多。今以通志堂定本爲主，而次其餘爲集外詞，總三百四十七闋，校汪本多五闋，納蘭詞之傳世者，殆盡於此矣。别有聯句一首，已見《曝書亭詞》，不再録。（徐乃乾，開明書店《清名家詞》第四册）

# 附錄三

## 總評

### 馮金伯輯《詞苑萃編》

顧梁汾曰：容若詞，一種悽惋處，令人不能卒讀。人言愁我始欲愁。

陳其年曰：《飲水詞》哀感頑豔，得南唐二主之遺。

韓慕廬：容若讀書機速過人，輒能舉其要。詩有開元丰格。作長短句，跌宕流連以寫其所難言。有集名《側帽》、《飲水》者，皆詞也。

### 陳廷焯《白雨齋詞話》

容若《飲水詞》，在國初亦推作手，較《東白堂詞》佟世南撰似更閑雅。然意境不深厚，措詞亦淺顯。余所賞者，惟《臨江仙·寒柳》第一闋，及《天仙子·淥水亭秋夜》、《酒泉子·謝卻荼蘼》一篇，三篇耳，餘俱平衍。又《菩薩蠻》云：『楊柳乍如絲，故園春盡時。』亦悽惋，亦閑麗，頗似飛卿語。惜通篇不稱。又《太常引》云：『夢也不分明，又何必催教夢醒。』亦頗凄警。然意境已落第二乘。

容若《飲水詞》，才力不足。合者得五代人凄婉之意。余最愛其《臨江仙·寒柳》云：『疏疏一樹五更寒。愛他明月好，憔悴也相關。』言中有物，幾令人感激涕零。容若詞亦以此篇爲壓卷。

## 李佳《左庵詞話》

八旗詞家，向推納蘭容若《飲水》、《側帽》二詞，清微淡遠。

## 謝章鋌《賭棋山莊詞話》

納蘭容若成德深於情者也。固不必刻劃《花間》，俎豆《蘭畹》，而一聲《河滿》，輒令人悵惘欲涕。情致與彈指最近，故兩人遂成莫逆。讀兩家短調，覺阮亭脱胎温、李，猶費擬議。其中贈寄梁汾《賀新涼》、《大酺》諸闋，念念以來生相訂交，情至此，非金石所能比堅。僕亡友侯官張任如任恬，才高命薄，死之日，僕輓之云：『本是肺腑交，已矣，似此人間誰識我；可憐肝腸斷，嗟乎，從今地下始逢君。』戊申，僕寓居甯德，寒食懷人，悽愴欲絶，填《百字令》云：『春光似箭，看鶯嬌蝶懶，清明又到。梨樹陰陰聞故鬼，如訴如啼如禱。南國家山，杜鵑滴血，緑遍王孫草。滿城苦雨，柳條檐際飛掃。　　卻憶張籍當時，酒邊戲語，百樣添煩惱。寒食西風吹點淚，此際纔爲情好。一別六年，夜臺無雁，幽信何從討。孤遊已屢，個人曾否知道。』蓋僕曾與君泛論交際，君笑曰：『清明肯流幾點淚，方見好也。』心怪其語不祥，越一年，而君竟歿。今讀容若『後生緣恐結他生裏』句，山陽聞笛，愈增腹痛矣。

漢槎，梁汾友耳，容若感梁汾詞，謀贖漢槎歸，曰：『三千六百日中，吾必有以報梁汾。』厥後卒能不食其言，遂有『絕塞生還吳季子，算眼前此外皆閑事』句。嗟乎，今之人，總角之友，長大忘之。貧賤之友，富貴忘之。相勖以道義，而相失以世情，相憐以文章，而相妒以功利。吾友吾且負之矣，能愛友之友如容若哉。容若嘗曰：『《花間》之詞如古玉器，貴重而不適用。宋詞適用而少貴重。李後主兼有其美，更饒煙水迷離之致。』又曰：『詞雖蘇辛并稱，而辛實勝蘇，蘇詩傷學，詞傷才。』《淥水亭雜識》此真不隨人道黑白者。集中警句，美不勝收，略舉一二，以與解人共賞：『語密翻教醉淺。』『心事眼波難定。』《如夢令》『花骨冷宜香。』『遠夢輕無力。』『總是別時情，那得分明語。判得最長宵，數盡厭厭雨。』《生查子》『一種蛾眉，下弦不似初弦好。』《點絳唇·感舊》『逗雨疏花濃淡改，關心芳字淺深難。』《浣溪紗》『妝罷只思眠，江南四月天。』『人在玉樓中，樓高四面風。』『休近小闌干，夕陽無限山。』『只是去年秋，如何淚欲流。』《菩薩蠻》『雨歇春寒燕子家。』『桃花羞作無情死，感激東風，吹落嬌紅，飛入閑窗伴懊儂。』『冷逼氈帷火不紅。』『不辨花叢那辨香。』《采桑子》『蕭蕭落木不勝秋，莫回首、斜陽下。』《一落索》『天將妍暖護雙棲。』《山花子》『惜花人共殘陽薄。春欲盡，纖腰如削。新月纔堪照獨愁，卻又照梨花

落。』《撥香灰》『天將愁味釀多情。』《鷓鴣天》『不恨天涯行役苦。只恨西風，吹夢成今古。』《蝶戀花》『誰翻樂府凄涼曲？風也蕭蕭，雨也蕭蕭。瘦盡燈花又一宵。　不知何事縈懷抱，醒也無聊，醉也無聊，夢也何曾到謝橋。』《采桑子》容若詞有《飲水》、《側帽》兩種，其刻本有《通志堂集》、顧梁汾合刻兩種。後袁蘭村通復梓《飲水詞》，附小倉山房合刻中。而最備者，莫如鎮洋汪仲安元治之《納蘭詞》，凡五卷三百二十三闋，比之袁本多百餘闋，可謂搜羅無遺憾矣。然其中頗有失攷。毛稚黄嘗自度曲名《撥香灰》，其句法字數與《憶王孫》俱同，但平仄稍異，容若《淥水亭春望》即填此調，因其中有『颼一縷秋千索』句，故自名《秋千索》。《琵琶仙》係白石自度腔，容若《中秋》闋即填此調，只第六句比原作少一字，原作載《詞律》第十六卷一百字類，仲安皆以爲譜律不載，疑其爲自度曲，非也。仲安刻是書竟，曾填《齊天樂》一闋，鐫板分同人索和，真好事者。詞云：『驂鸞返駕人天杳，傷心尚留蘭畹。豔思攢花，哀音咽笛，當日更番腸斷。烏絲漫展。認蠹粉芸烟，舊痕悽惋。擁鼻微吟，怎禁清淚暗承眼。　終慚替人過許，只爲蘦落甚，重爲排卷。白氎晨書，青燈夜校，忍記三生幽怨。蓉城夢遠。儻夢可相逢，此情深淺。傳遍詞壇，有愁應共澣。』仲安填詞有納蘭再世之目，替人句謂此也。

余德水金云：容若，大學士明珠子，十七爲諸生，十八舉鄉試，十九成進士，康熙癸丑二十二授侍衛，擁書萬卷，蕭然自娱，人不知爲宰相子也。《熙朝新語》丁藥園云：容若填詞，多於馬上尊前得之。吴薗次序《飲水詞》末云：非慧男子不能善愁，唯古詩人乃云可怨，公言性吾獨言情，多讀書必先讀曲。嗟乎，若容若者，所謂翩翩濁世佳公子矣。亡友芑川最愛此詞，嘗手録數十闋，并以《百字令》題其後。有云：『爲甚麟閣佳兒，虎門貴客，遁入愁城裏。此事不關窮達也，生就肝腸爾爾。』既教諭臺陽，攜以渡海，辛亥臺亂，勤勞殁王事，其棺附舟南下，中途遇盗，遺稿秘鈔，俱付之洪濤巨浸中，悲夫！芑川又素愛李後主，每讀其詞，輒太息。嘗與余立題分詠，余頗訾南唐之失政，芑川見之，愠曰：『若此多情人，豈可不從末減乎？』乃以自填《黃金縷》示予曰：『重瞳又見江南李。垓下悲歌，變出柔腸裏。懊惱小樓風又起。天涯何處黃花水。　撮襟題遍澄心紙。好個翰林，可惜爲天子。流水落花春去矣。斷腸猶説鴛鴦寺。』組織往事，意在言表，真詠古之妙則，甚愧余之褊且腐也，牽連書之，以俟後之續《詞苑叢談》者。容若所著，又有《大易集成粹言》八十卷、《陳氏禮記集説補正》三十八卷、《通志堂集》二十卷。

容若婦沈宛，字御蟬，浙江烏程人，著有《選夢詞》。述庵《詞綜》不及選。《菩薩蠻》云：『雁書

蝶夢皆成杳。月户雲窗人悄悄。記得畫樓東。歸驄繫月中。　醒來燈未滅。心事和誰説。只有舊羅裳。偷沾淚兩行。』丰神不減夫壻，奉倩神傷，亦固其所。檢集中悼亡之作，不下十數首，其《沁園春》自叙云：丁巳重陽前三日，夢亡婦淡妝素服，執手嗚咽，語多不復能記，但臨别有云：『銜恨願爲天上月，年年猶得向君圓。』覺後感賦長調：『瞬息浮生，薄命如斯，低徊怎忘。自那番摧折，無衫不淚，幾年恩愛，有夢何妨。最苦啼鵑，頻催别鵠，贏得更闌哭一場。遺容在，只靈飆一轉，未許端詳。　重尋碧落茫茫。料短髮、朝來定有霜。信人間天上，塵緣未斷，春花秋月，觸緒堪傷。欲結綢繆，翻傷漂泊，兩處鴛鴦各自涼。真無奈，把聲聲簷雨，譜入愁鄉。』容若頗多自度曲，《玉連環影》三十一字、《落花時》五十二字、《添字采桑子》五十字，與《促拍采桑子》字同句異、《秋水》一百一字、《青衫濕遍》一百二十二字，一曰《青衫濕》、《湘靈鼓瑟》一百三十二字，一曰《翦字梧桐》是也。若《踏莎美人》六十二字、《翦湘雲》八十八字，則梁汾所度，取而填者。容若所與游皆知名士。震澤趙函曰：『惠山之陰，有貫華閣者，在羣松亂石間，遠絕塵軌。容若扈從南來時，嘗與迦陵、梁汾、蓀友信宿其處，舊藏容若繪像及所書閣額，近燬於火，甚可惜也。』《納蘭詞·序》而稗官中《紅樓夢》一書，或傳爲容若而作，雖無左證，然相其情事，頗相類也。若隨園以爲記曹通政，殆不然歟。

## 譚獻《復堂詞話》

有明以來，詞家斷推《湘真》第一，《飲水》次之。其年、竹垞、樊榭、頻伽，尚非上乘。

以成容若之貴，項蓮生之富，而填詞皆幽豔哀斷，異曲同工，所謂別有懷抱者也。

周稚圭有言：成容若，歐、晏之流，未足以當李重光。

## 胡薇元《歲寒居詞話》

倚聲之學，國朝爲盛，竹垞、其年、容若鼎足詞壇。陳天才豔發，辭鋒橫溢。朱嚴密精審，超詣高秀。容若《飲水》一卷，《側帽》數章，爲詞家正聲。散璧零璣，字字可寶。楊蓉裳稱其騷情古調，俠腸俊骨，隱隱弈弈，流露于毫楮間。玉津少年所爲《鐵笛詞》一卷，刻羽調商，每逢淒風暗雨、涼月三星，曼聲長吟，時恨不與容若同時耳。

## 丁紹儀《聽秋聲館詞話》

國朝詞人輩出，然工爲南唐五季語者，無若納蘭相國明珠子容若侍衛。所著《飲水詞》，於迦陵、小長蘆二家外，别立一幟。其古今體詩亦温雅。本名成德，乾隆中奉旨改性德。登康熙十二

年進士。時相國方貴盛，顧以侍衛用，趨走螭頭豹尾間，年未四十，遽亡。後相國被彈罷黜，侍衛之墓木拱矣。往見蔣氏《詞選》録吴興女史沈御蟬宛《選夢詞》，謂是侍衛妾。其《菩薩蠻》云：『雁書蝶夢都成杳，雲窗月户人聲悄。記得畫樓東，歸驄繫月中。　醒來燈未滅，心事和誰説。只有舊羅裳，偷沾淚兩行。』閨中有此姬人，乃詩詞中無一語述及，味詞意，頗怨抑也。

## 張德瀛《詞徵》

成容若《填詞》詩云：『詩亡詞乃盛，比興此焉託。往往歡娛工，不如憂患作。冬郎一生極憔悴。判與三閭共醒醉。美人香草可憐春，鳳蠟紅巾無限淚。芒鞋心事杜陵知，祇今惟賞杜陵詩。古人且失風人旨，何怪俗眼輕填詞。詞源遠過詩律近，擬古樂府特加潤。不見句讀參差三百篇，已自換頭兼轉韻。』愚案：容若詞與顧梁汾唱和最多，『往往歡娛工，不如憂患作』兩語，則容若自道甘苦之言。然容若詞幽怨淒黯，其年詞高闊雄健，猶之晋侯不能乘鄭馬，趙將不能用楚兵，兩家詣力，固判然若別也。

容若《太常引》詞云：『夢也不分明，又何必催教夢醒。』竹垞《沁園春》詞云：『沈吟久，怕重來不見，見又魂消。』二詞纏綿往復，郭子玄何必減庾子嵩。

## 王國維《人間詞話》

『明月照積雪』、『大江流日夜』、『中天懸明月』、『黃河落日圓』，此種境界，可謂千古壯觀。求之于詞，唯納蘭容若塞上之作，如《長相思》之『夜深千帳燈』、《如夢令》之『萬帳穹廬人醉，星影搖搖欲墜』，差近之。

納蘭容若以自然之眼觀物，以自然之舌言情。此由初入中原，未染漢人風氣，故能真切如此。北宋以來，一人而已。

## 況周頤《蕙風詞話》

納蘭容若爲國初第一詞手。其飲水詩《填詞》古體云：『詩亡詞乃盛，比興此焉託。往往歡娱工，不如憂患作。冬郎一生極憔悴。判與三閭共醒醉。美人香草可憐春，鳳蠟紅巾無限淚。芒鞋心事杜陵知，祇今惟賞杜陵詩。古人且失風人旨，何怪俗眼輕填詞。詞源遠過詩律近，擬古樂府特加潤。不見句讀參差三百篇，已自换頭兼轉韻。』容若承平少年，烏衣公子，天分絶高，適承元明詞敝，甚欲推尊斯道，一洗雕蟲篆刻之譏。獨惜享年不永，力量未充，未能勝起衰之任。其所爲詞，純任性靈，纖塵不染，甘受和，白受采，進於沈着渾至何難矣。嘅自容若

而後，數十年間，詞格愈趨愈下。東南操觚之士，往往高語清空，而所得者薄。力求新豔，而其病也尖。微特距兩宋若霄壤，甚且爲元明之罪人。箏琶競其繁響，蘭荃爲之不芳，豈容若所及料者哉。

容若與顧梁汾交誼甚深，詞亦齊名，而梁汾稍不逮容若，論者曰失之脆。

《飲水詞》有云：『吹花嚼蕊弄冰絃。』又云：『烏絲闌紙嬌紅篆。』容若短調，輕清婉麗，誠如其自道所云。其慢詞如《風流子·秋郊即事》云：『平原草枯矣。重陽後，黄葉樹騷騷。記玉勒青絲，落花時節，曾逢拾翠，忽聽吹簫。今來是，燒痕殘碧盡，霜影亂紅凋。秋水映空，寒烟如織，皁雕飛處，天慘雲高。 人生須行樂，君知否，容易兩鬢蕭蕭。自與東君作別，剗地無聊。算功名何許，此身博得，短衣射虎，沽酒西郊。便向夕陽影裡，倚馬揮毫。』意境雖不甚深，風骨漸能騫舉，視短調爲有進，更進，庶幾沈着矣。歇拍『便向夕陽』云云，嫌平易無遠致。

『如魚飲水，冷暖自知。』道明禪師答盧行者語，見《五燈會元》。納蘭容若詩詞命名本此。

## 夏敬觀《蕙風詞話詮評》

寒酸語，不可作，即愁苦之音，亦以華貴出之，飲水詞人，所以爲重光後身也。

作詞至於成就，良非易言。即成就之中，亦猶有辨。其或絕少襟抱，無當高格，而又自滿足，不善變。不知門徑之非，何論堂奧。然而從事於斯，歷年多，功候到，成就其所成就，不得謂非專家。凡成就者，非必較優於未成就者。若納蘭容若，未成就者也，年齡限之矣。若厲太鴻，何止成就而已，且浙派之先河矣。

絕少襟抱，無當高格，又自滿足，不善變，不知門徑之非，乾嘉時此類詞甚多。蓋乾嘉人學乾嘉詞者，不得謂之有成就，尤不得謂之專家，況氏持論過恕。其下以納蘭容若、厲太鴻爲喻，則又太刻。浙派詞宗姜、張，學姜、張亦自有門徑，自有堂奧，姜、張之格，亦不得謂非高格，不過與周、吴宗派異，其堂奧之大小不同耳。

## 蔡嵩雲《柯亭詞論》

納蘭小令，丰神迥絶，學後主未能至，清麗芊綿，似易安而已。悼亡諸作，膾炙人口。尤工寫塞外荒寒之景，殆扈從時所身歷，故言之親切如此。其慢詞則凡近拖沓，遠不如其小令，豈詞才所限歟？

## 吴梅《詞學通論》

容若小令，悽惋不可卒讀，顧梁汾、陳其年皆低首交稱之。究其所詣，洵足追美南唐二主。清初小令之工，無有過於容若者矣。同時佟世南有《東白堂詞》，較容若略遜，而意境之深厚，措詞之顯豁，亦可與容若相埒。然如《臨江仙·寒柳》、《天仙子·淥水亭秋夜》、《酒泉子·荼蘼謝後作》非容若不能作也。又《菩薩蠻》云：『楊柳乍如絲，故園春盡時。』悽惋閑麗，較『驛橋春雨』更進一層。或謂容若是李煜轉生，殆專論其詞也。承平宿衛，又得通儒爲師，搜輯舊籍，刊布蓺林，其志向自足千古，豈獨琢詞之工已哉。

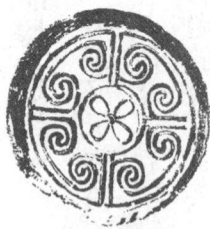